桜木紫乃

ブルース Red《レッド》

文藝春秋

目次

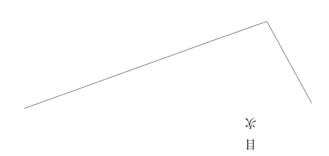

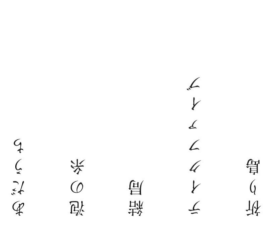

写真　森山大道
装丁　大久保明子

ブルース
Red

最愛

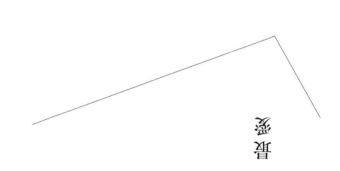

スイートルームだというのに、沈みかたが安っぽいソファーだった。座面の奥行きと背もたれの角度が合っていない。

ドア一枚向こうの寝室からは、もう小一時間ものあいだ女の声が響いていた。おおかたは演技だ。

影山《かげやま》莉菜《りな》はグラスに焼酎を注ごうとする男を制して立ち上がった。

「弥伊知《やいち》、そろそろお隣にご挨拶の時間だ」

「承知しました」

がっしりとした体に濃紺のスーツを着た齋藤《さいとう》弥伊知が、ぴしりと腰を折る。長く莉菜の父、影山博人《ひろと》の用心棒だった男だ。主を守れなかったことを悔いて頭を丸めたままでは黙っていたが、親指を落とそうとしているところで止めた。

——五本しかないもん一本落としたところで、お前がヒロトにはなれないんだよ。

以来、弥伊知は莉菜の運転手兼用心棒となった。

「この焼酎、限定を謳《うた》ってるわりにいまひとつだ」

「次は麦をご用意いたします」

ソファーの背もたれに放ってあったジャケットを羽織った。襟を整えたところで、ドアがノックされた。弥伊知が音を立てずにドアを開ける。ホテルのバスローブを着た女が立っていた。

「終わりました」女はいくぶんふてぶてしい声でそう告げると、バスルームへと向かった。

莉菜は弥伊知から一歩遅れ、寝室へと足を入れた。ベッドの上で正座をしているのは白髪頭が乱れたままの地元代議士だ。影山博人から与えられた金を遣って醜聞を生き延び、ときどきマスコミの目の届かないところで悪さをしては東京に帰ってゆく。莉菜が一歩進むと、老代議士はたるんだ下腹部をシーツで隠し、途端に不機嫌な顔になった。

「なんだ、まだいたのか」

シーツの上には女の穴に出し入れしていた玩具が五本六本と散乱している。細いもの太いもの、柔いもの硬いもの、節操のないことだ。

「先生も、お元気そうでなによりです。うちの子、お気に召していただけましたか」

「まぁまぁだな」

「先生とお目にかかれるのを、みんないつも楽しみにしておりますよ。今度はどんな遊びを教えていただけるのかと」

どういう意味だ、とわずかに言葉を荒げた。役に勃《た》たないことを多少は気にしているらしい。そういう意味ですよ、と出来るだけ優しく言ってみる。顔がみるみる赤くなる。内側に溜まった怒りが、たるんだ肌に寄った皺から流れてきそうだ。

先生――。

莉菜は左の手のひらを上に向けた。それを合図に、弥伊知がスーツのポケットから小袋を取り出し、中にあった錠剤をひとつその手にのせた。

「先生、いいお薬があるんですよ。これがあれば、何度だって気持ちよくなれます。非合法じゃありません、ご安心ください。先生の持病にもまったく影響のない、安全なものです。いわばオーダーメイドの媚薬ですよ。試してみたいと思いませんか」

莉菜は枕元に置かれたボトルの水を口に含んで錠剤を唇に挟んだ。少しずつ代議士の顔に近づけてゆく。女の体をなめ回したあとの唇には、白く粉が吹いている。莉菜はそこへ自分の口を押しつけた。腐った根菜のにおいがする。唇を割り、歯を押し広げ、錠剤を舌で押し込んだ。はき出させたりはしない。舌の縁をなぞりながら水を流し入れ、喉の奥へと送り込んだ。言葉もなくされるままになっている男の舌が、莉菜を追って伸びた。さっと顔を離した。

「効いてくるまで、打ち合わせといきましょう」

名残惜しそうな瞳に向かって、今期で引退をほのめかしている状況を問い詰めた。

「そろそろ疲れた。くるくる変わる政権のおかげで七十過ぎて後継者もいない。いいかげん引退したところで、誰も文句は言わないだろう」

「いやいや、先生にはもう一期続投していただきたいと思っております」

「この泥船に、なんの用があってそんな話をする」

先生、と莉菜はベッドの縁に下ろしていた腰を拳ひとつぶん代議士の方へと寄せた。

「松浦《まつうら》ですよ、後継者には道議会議員の松浦がおります」

あぁ——、顔が歪む。いかんいかんと胸のあたりで手を振った。

「あいつは駄目だ。気だけならいざ知らず、器がちいさい」

「そこをなんとかしながら、先生も首を繋《つな》げてきたんじゃありませんか」

「俺は違う」

「ここもですか」

莉菜はシーツの上から彼のものに触れた。そっと握り、さすりあげる。呼吸を始めたひな鳥がどんどんその体を膨らませてゆく。

「効いてきたみたいですね」

ああ、とひとつ息を吐き、老人がシーツの下で両脚を広げた。耳をくすぐる声で「ねぇ、大臣」と囁《ささや》いた。「元」はつけない。一度経験したら、その座を追われてもここでは「大臣」

だ。

ふわりと雛が羽を広げた。布の上からさすり上げられた欲望の、呼吸が荒くなる。

莉菜はベッドの傍らに向かって目で合図を送る。弥伊知がバスルームをノックすると、怠《だる》そうな腰つきの女が現れた。

「先生、今度はここを使って存分に楽しんでくださいよ」

そっと握ると更につよく応えてくる。

「なんだ、お前じゃないのか」目の縁が赤い。

「それはもうすこし後のお楽しみに取っておきましょう」

シーツを剝ぐと、しっかりと育ったものが天を仰いでいた。湯気をまとった女を招き、その体を男に乗せるよう顎で示した。裸の女がまっすぐ腰を沈めた。

唇を半開きにした男の右手が、隣に座る莉菜の胸を摑んで離さない。好きに揉ませているうち、男の腰が動き始めた。莉菜の胸から外れた手が、裸の女の腰に回る。

「しばらく効いてますんで、お楽しみください」

弥伊知とふたり、部屋を出た。エレベーターに乗り込むと、ガラスの向こうで街が急激に低くなってゆく。

「弥伊知、今日のはなんなの」

「ビタミン剤です」

「そういうものなの」

「そのようです」

ねえ、と莉菜は続けた。

「この街は、大きいのかな、ちいさいのかな」

「人によると思います」

「お前には、どのくらい価値があるの」

「失ったものと常に同じです」

莉菜はため息を吐いた。主の命を守れなかった男と、自分の色恋に巻き込んで父を殺された女だった。影山博人を刺した男をイギリスに戻し、三か月ほど自由に泳がせてから切り刻んだ。男が自慢にしていた美しい体に、致命傷に至らない傷をたくさんつけて時間をかけながら息絶えさせるという方法を選んだのは、莉菜だ。

——ひと息に死なれちゃ、ヒロトが浮かばれない。

なんの意味もない行為だったが、あの日齋藤弥伊知は最後まで莉菜の報復につきあった。

背の低い道東の港街に、この国で最ものんきな桜が咲いている。

「ねえ、そろそろじゃないかな、運動会」

「六月の第三日曜日です。予定は入れておりません」

莉菜は短く礼を言い、エレベーターの箱から出た。

第一影山ビルの一階を占める「松浦酒店」に入った。ここが松浦雄太《ゆうた》のホームベースだ。地盤と商売は妻がきりもりしており、ふたりの間には小学校六年になる息子がいる。莉菜が弥伊知とふたりで酒棚の前に立つと、店の奥から女将《おかみ》が出てきた。

「いらっしゃいませ、いつもお世話になっております」

ふくよかな顔と体つきは長年変わらない。化粧も薄いし血色もいい。この女房がついているおかげで、腰抜けの亭主もなんとか政治家としてやっていられる。

「女将のおすすめのやつ、ある？」

「莉菜さんは、焼酎なんですよね。このあいだ齋藤さんにおすすめした紫芋はどうでしたか。癖はありますけど、限定の人気商品でしたが」

にこやかに訊ねられ、口に合わなかったとはいえない。この女と会うときはいつも、どこかその明るさに気圧《けお》されるようなところがあった。行事の際に着ているスーツやワンピースより、酒店の名前が入った帆布《はんぷ》の前掛けが似合う女だ。

「すっきり目のやつが飲んでみたいかな」

「あんまりすっきりすると、水みたいになっちゃいますけど。そこまでお望み？」

莉菜は少し考えて、それもいいかなと思い頷《うなず》いた。女将はふくふくとした笑みを浮かべて、それならばこれがおすすめです、と言って甕《かめ》入りでひしゃくがついたものを出してきた。

「これはいつの間にか腰が立たなくなってるから気をつけて。莉菜さんはあんなにいっぱいお店を持っていても、やっぱり家飲みのひとなのね」

影山ビルに入っている飲食店はすべて莉菜の母、まち子が管理している。夫を亡くしてから、ビルがふたつ人手に渡ったところで立ち直った。

――あたしはこの先、ヒロトよりずっと汚い方法でここを支配する。

以来莉菜は母がしおれているところを見たことがない。いつまでも影山博人の亡霊と一緒に歩いているのは、傍らの弥伊知と莉菜も同じだ。カメラひとつで生きていくはずが、今は父を撮った一枚で賞をもらったことがあるだけの、業界では過去の人間となった。莉菜にとって写真はもう、父の命を奪った道具でしかない。

カメラを手放した莉菜にとって、街の裏側を切り貼りしてゆくことが父の教えを守る大事な仕事になっている。

「外で飲むと、旨い酒もあんまり味がわからなくて。なんだか疲れるんだ」

「そうよ、家がいちばん。お父様も同じことを仰ってました」

女将のほほえみに、一瞬吸い込まれそうになる。つくづく、悪魔のような女だと思った。

「そろそろ運動会が近づいてきましたけど。どうですか今年は」

「明日、リレー選手の選抜があるみたいです。最後の運動会だし児童会長なもんだから、張り切ってます」

「武博《たけひろ》の脚なら、いずれとんでもない檜舞台《ひのきぶたい》が待ってるでしょう」

莉菜は女将がいつかこっそり教えてくれた言葉を、酒の合間に頭の中で繰り返してはいつも、泣きたくなる。

——あの子、知能指数がひとよりちょっと高かったんです。おかしな自慢してごめんなさい。でも、莉菜さんにはお伝えしておきたかったの。

教師は女将に、早めに相応の学校へ入れた方がいいと助言したそうだ。松浦武博が持つ頭脳を更に鍛えて支える術を持った人材が、この街にはいないという。

女将はあと一年待たずに最愛の息子を全寮制の進学校へ入れることを未だ迷っている。武博は礼儀正しく、生意気なことを一切言わない。莉菜にとってはそこが唯一の不満だが、腹を痛めた女はそこが最もありがたく、自分は天使を産んだと喜んでいる。息子を、こんなに早く手元から離すのはさびしくてしょうがないらしい。

武博を偏差値の高い中学へ入れるにしても、いまは松浦家だけの問題ではなかった。地元の後援会や一家に寄生する親族が起こす面倒の一切は、影山まち子と莉菜が始末をしている。

「あの子がリレーの選手に選ばれたら、また見に来ていただけますか」

「毎年運動会の日はしっかり空けてあります」

女将は嬉しそうに甕入りの焼酎を桐の箱に入れた。

「武博に、莉菜の見てる前で二番手は許さないと伝えておいてください」

「ありがとうございます。あの子、莉菜さんと弥伊知さんの応援がいちばん嬉しいんですって。どこにいても必ず見つけられるそうです」

当日は大勢の父兄のいる前で、おそらくお互い近づくこともないだろう。人前では酒屋の女将と客としてしか会話ができない。現職道議会議員夫人が、人前で影山莉菜と個人的に話すことなどあってはならないのだった。

松浦酒店は郊外の大型ショッピングモールで商売を盛り返し、そこを支店にして、改めて再び影山ビルのある繁華街へと本店を戻した。駅前再開発の先陣を切ることが、商売上手な女将の影山家に対する義理立てでもあった。

政治家の妻という立場と、酒屋の女将のあいだをうまく漂いながら、彼女は影山博人の子を産んだ。産めるものなら、自分が産みたかったと莉菜は思う。まち子にしても同じなのだ。みな、立場を分け合いながらまだ、ひとりの男を想い続けている。

影山博人が死んだ日、街はその結束を弛《ゆる》ませた。再びきつく束ねるために、女たちは暗黙のなかお互いを憎む余裕を手放したのだ。

ネオン街を歩きながら、金曜の夜を眺めた。スーツだけでは肌寒かった。全国ニュースでは初夏だの夏の陽気だのと、話題ばかり暖かい。風呂敷を広げれば、国の縁《へり》は夜の涼しい海岸線になぞられているくせに、と莉菜は思う。

中央部分をはっきりさせておくことが、地方に疎外感とずれを思い知らせておく方法なら、莉菜はその真ん中へと楔を打ち込まねばならない。影山博人が思い描いた野望を引き継いだあとは、黒いスーツの内側ばかり肥大してゆく毎日が続いている。

「弥伊知、最近どこの店がおすすめなの。お前、ちゃんと遊んでるんだろうね」今は冗談を言える相手も、この男しかいない。

「『奏《かなで》』でしょうか」生真面目に返すので、面倒なことも多いが面白い。

「あぁ、スカートの短い店あったね。売り上げ、順調じゃなかったか」

「お連れしましょうか。ママが喜びます」

弥伊知が莉菜を店子《たなこ》のところに誘うとは、珍しいこともあるものだ。少し迷い、今日は帰ると告げた。自分が外にいる限り、弥伊知は決して側を離れない。ふたりが現れると、夜の店はほんの少し緊張の気配を帯びる。それが影山莉菜の本業なのだが、正直鬱陶《うっとう》しいのも事実だ。弥伊知が気に入っている店ならなおのこと、今夜はやめておこう。

「気に入ったママの前であたしにかしずく趣味でもあるの」

「残念ながら、そちらは」

「だろうね」

つと足を止めた。ビルとビルの間から、川が見えた。満ち潮で、河口に近い場所が勢いよく逆流している。川面《かわも》にできた細かな鱗《うろこ》にオレンジ色の街灯が明かりを落とし、一枚一枚が輝いている。

影山博人はこの景色を見て、何度泣いて、何度笑っただろうか。

父を殺した男を切り刻んだときの、血のにおいが鼻先に漂ってきた。違う。これは街に沁みて離れない海のにおいだ。星のない空を仰いだ。この街に長く漂い続けてきたのは、血のにおいだったことに気づく。弥伊知を呼んだ。

「武博を、ヒロトが望むような大人にしなきゃいけない」

「わたくしもできる限りのことを」

「あと十年だよ、弥伊知」

十年ですか、と語尾を上げも下げもせず弥伊知がつぶやいた。

「そう、あと十年踏ん張れば、あの子はヒロトが指を落とした年を越える」

そうなったら――莉菜は次の言葉を飲み込んだ。

武博が、人としてのいかなる夢も捨てて自分の役目を悟ってくれた日に、自分はすっきりとこの街から消えるのだ。外出時に弥伊知に守られることもなくなるし、ひとを陥れたり誰かを始末する相談もしなくていい。そんな夢みたいな場所はどこだろうと思うだけで楽しくなる。そしてさんざん想像したあと、川が湿原からしみ出す水を海へと運ぶように喜びが退いてゆく。そんな場所はあの世にしかないのだ。

「あの子をヒロトにしなけりゃ、今あたしが生きてる意味もないんだ」

駅前再開発は、道内の大手企業だけでは無理だった。水の流れを変えるためには、誰もが知っている巨大な船の名が必要だ。船頭ばかり多くしないために、もう少し自分は大きくなる必要がある。武博にいつか赤い絨毯《じゅうたん》を踏ませるためなら、莉菜は喜んでこの街のゴミになろうと決めていた。

　博人が好んだ黒いスーツが莉菜の仕事着だった。年から年中合い着で過ごせる気候が、感情の起伏に乏しい人間を育ててゆくのかもしれぬ。それでもときどきは泣きたくなった。血のにおいは、どんなに時間が経とうとも、街と自分から消えることはないのだ。悔いが育ててゆく景色もあるはずだった。そうでなくては浮かばれない者が、この川にはどれだけ沈んでいるだろう。

　黒々と横たわる川面はどちらの方向に流れるときも、人の気持ちを無表情で撫でていった。

　前日慌てて作った莉菜のてるてる坊主が、小雨の予報をはねのけた。曇天だが、雨が落ちてくる気配はない。おおよそ運動会日和とは言いがたい一日だった。父兄たちはダウンやベンチコート、オーバーズボンという万全の保温対策で、二メートル一区画に仕切られた観戦場所に座っている。子供たちも競技のとき以外はウインドブレーカー姿だ。これが何年かに一度は、半袖で日焼けをするような日に恵まれる。六年間通わせて一度あると、延々とその年の運動会が話題に上り続ける。

　松浦は我が子が通う学校のラジオ体操参加を皮切りに、全市の小学校の運動会を回って歩く。一校につき一種目参加を目指し、地元新聞の記者を従え分刻みの一日を過ごす。奮闘ぶりがわかる写真が一枚でも多く撮れて次の票へと繋がるよう、食事の時間も別の小学校の父兄たちと写真に収まり続ける。自分の子供よりも職務を優先する政治家の仕事熱心な姿だ。

弥伊知がグラウンドの観戦席から離れた校舎の壁側に、コールマンの折りたたみ椅子を広げた。こんな場所でも背後を気にしなくてはいけないことに煩《わずら》わしさを感じていたのも最初のころだけだった。表舞台からひとり葬り、ひっそりとひとり消し、という経験を重ねるうち、莉菜は自分もありふれた日常の一瞬にこの世から消えるのだと思うようになった。いちばん意図しないところで、不意にそれはやってくる。恨まれるのが仕事なのだから、当たり前だろう。たとえ恨まれなくても、別れはいつだって突然だ。

「プログラムもらってきてくれないかな」

莉菜が言うと、弥伊知は一緒に着込んだベンチコートのポケットから、折りたたんだ紙を取り出した。

「紅白リレーは最終競技なので、現在やっている高学年騎馬戦の次の次です」

「黙って座ってると、やっぱり寒いな」

椅子と同じマークが入った手提げ袋から、弥伊知が水筒を取り出した。受け取り、キャップを開ける。鼻先に麦焼酎のにおいが漂う。

「今日はどこのお湯割りなの」

「大分です。お気に召していただけるといいんですが」

ひとくち飲んだ。弥伊知がこんな「暖」を仕込んでくるとは思わなかった。アテはあるのかと問うと、保温容器の蓋を開けて見せた。鳥ザンギ、赤と黄色のパプリカを素揚げにしたもの、マッシュルームがバランスよく詰め込まれていた。意識せずしみじみとした口調になる。

「お前にこんな特技があったとはねぇ」

「恐縮です」

いったいどこで覚えるのかと問うと、夜中や明け方に放映されている料理番組だという。莉菜がどれだけ焼酎を飲んでも酔わぬように、弥伊知もまた、ほとんど眠らない日々を過ごしているのだった。竹楊枝が刺さっている鶏肉をひとつつまみ、口に入れた。

「やだ、美味《おい》しいじゃない」

「ありがとうございます」

色気のない黒い水筒から麦焼酎のお湯割りを腹に流し、弥伊知の作ったザンギを食べる。今がいつで、ここがどこか忘れそうになるほど幸福だ。いくぶん体が温まったところで、リレー選手呼び出しアナウンスが入った。

――各学年のリレー選手は、速やかに集合場所に集まってください。

莉菜はベンチコートの右ポケットからアンティークのオペラグラスを取り出した。イギリスで写真を撮っていたころに翡翠《ひすい》の色が気に入って買ったものだ。あのころのもので手元に残っているのは、このオペラグラスひとつきりだった。ハンドルを持ち、リレー選手が集まる場所へとグラスを向けた。

同じジャージ姿なのに、周囲より頭ひとつ背の高い少年が視界に入った。莉菜はそこでハンドルを持った右肘が動かぬよう脇を締めた。

似ている。父親にそっくりだ。六番目の指を切り落とす前の博人がそこにいた。

「武博、また背が伸びた。それとも周りが縮んだかな」

「肩がいいですね」

「あの肩で走るんだ。また去年みたいに最終コーナーでごぼう抜きしたら、どうしようか。あの年で嫉妬《しっと》されることを覚えたら、ろくな大人にならないな」

言いながらどこかでそうあれと思っている。常識的でまっとうな大人になる必要があるのは、何の取り柄もない凡人だけだ。

武博、お前は違う――

お前のまっとうは、お前が作れ――

四年から六年まで、各学年のひとクラスに四人ずつ選手がいる紅白リレーだった。昔はクラスにふたりだったのが、子供の数が足りないものだから倍にしないとリレーらしくならないのだという。

五十メートル地点で早くも先頭と最後尾では十メートルの差がついた。莉菜が「わくわくしないねぇ」とつぶやくと、弥伊知が「最後までわかりませんから」と応えた。

武博は最終走者の集団で、ひときわ体格が良かった。児童会長の彼は、裏方と選手の両方を務めて更にゴールのテープを切らねばならない。たとえトラック半周の差がついていても、追い上げて一等を取る。

自分に与えられた役目を本能的に識《し》っているのか、それとも彼の裡《うち》にある責任感がその結果を連れてくるのか——莉菜はリレーを眺めるのと同じ気持ちで少年の未来を想像しながら日々を送り、彼がはやく一人前になるよう祈る。

オペラグラスの向こうでは、武博が三番手で赤いバトンを受け取った。

「弥伊知、今年はふたり抜くよ」

「あの肩には何がいちばん向いてるでしょうかね」

いい女だよ、と言いかけてやめた。いまはただ、幼い日の影山博人を見ていたかった。

二番手をすぐに追い抜き、先頭を最後のコーナーで抜いた武博がゴールテープを切った。莉菜の耳にやっとグラウンドの歓声が響いてきた。さて、と立ち上がった。オペラグラスをポケットに仕舞うころにはもう、弥伊知が椅子をたたみ始めていた。

校舎の壁沿いに歩く莉菜の後ろを弥伊知がついてくる。運動会も閉会式の準備に入っているようだ。実行委員会用のテントに背を向けて角を曲がりかけたところで、莉菜の横にすっと人影が現れた。弥伊知が一歩出遅れた。子供たちと同じジャージを着ていたので、無防備なところへの出現だった。

莉菜──

耳を疑った。武博がすぐ側に立っていた。

「ありがとう、莉菜」

「なにやってるの、早く閉会式の準備に戻りなさい」

少年は父親そっくりな顔で笑い、手を振りながらきびすを返す。その背中に向かってちいさく手を振った。

歩き出した莉菜の横を、弥伊知が同じ歩幅でついてくる。全方向からやってくる人間すべてに神経を払い、なにかあれば自分が盾になることを決めている男だ。

「お互い、修行が足りないね」

「申しわけありませんでした」

いくら子供たちと同じジャージを着ていたとはいえ、あの角度から前に出られたらおしまいだ。弥伊知は再び主を守れない用心棒になる。

莉菜は歌い出しそうな気分良さのなかでつぶやいた。

「将来的にあたしたちを殺《や》れるのは、あの子かもしれないね」

弥伊知は数秒黙ったあと「そうなるよう、祈ります」と返した。

元大臣が地元で国政続投を表明した夜、莉菜は彼からの電話を受けた。

「これでいいんだろう。まったくお前たち親子には死ぬまで働かされる。年寄りの健康のことなんぞこれっぽっちも考えてない。まぁ長生きすればいいことなんだろうがな」

「今までもこれからも、この街は先生のお力ひとつが頼りでございます。どうか長く長くご活躍ください。影山が最後までお支えいたします」

快活な笑い声がどんどん高くなる。莉菜は子機を耳から離した。その声には年寄りのかさつきなどみじんも感じられない。案の定、あの約束はどうなった、ときた。

「どの約束でしょう」

「すっとぼけるな、小娘が。あの薬を持って、今度はお前が相手をするんだ」

「あいにくこの小娘は、そちらはあんまり得手ではございませんが」

「じゃあ、薬だけでも寄こせ」

「なにぶん手に入れるのが少々難しい品でして」

信頼のおける薬剤師に調合してもらわねばと告げると、値段を訊ねてくる。そんなものは要らないと言うと、ひと粒だけでもいいから早く寄こせという。

「承知いたしました。手配いたしますので、いましばらくお待ちください」

電話を切ったあと、莉菜は父のシルエットが浮かぶ写真の前に立った。

影山博人はこの写真の前で、馬鹿みたいに小粒な男に刺されたのだった。白と黒しか要らないと言った男の、胸のあたりに手を伸ばす。鼓動を確かめるように触れた。フレームの中の男は、娘の前で息絶えたときそのままに、静かだった。

許してね——

夜ごと湧く悔いや怒りが、莉菜を生かしている。それは眠れないまま朝を迎える弥伊知も同じなのだ。明かりを消して、そっとカーテンを開いた。霧が濃い。真夜中の街灯が、乳色の街を照らす。自分は、あの街灯が届かぬ場所を照らしていた男の娘だった。

——莉菜、お前は悪い女になるといい。

——男と違って女のワルには、できないことがないからな。

そうかな。振り向き、その横顔に問うてみる。

静かな頰《ほお》に駆け寄りたい気持ちを抑え頷いた。

翌日昼時、莉菜は弥伊知を伴い再び松浦酒店に立ち寄った。女将の笑顔は莉菜の言葉を察しているのか緊張を含んで少し硬い。

「このあいだの麦焼酎、美味しかった。同じのを」

「喜んでいただけて良かった。運動会も、ありがとうございました」

そのことで、と切り出す。女将は母親の顔になった。

「来春、函館の私立に行かせましょう」

莉菜とて、こんなに早く武博を旅に出すのはさびしい。けれど、一年でも早く少年を大人にしなくてはいけないのも確かなのだ。国政に打って出るために、さらなる泥と恥にまみれる父親の側に置いてはおけない。影山の名前から少しでも遠いところで学ばせなくてはいけなかった。

「地元の中学では、やはり駄目なんですね」

「御大の続投がはっきりしたからには、もう少し上を目指していただかなくてはいけません。そのあとは、武博が続きます」

女将の頬から、するりと硬さが取れた。

「わかりました。よろしくお願いいたします」

折った腰を戻したときは、政治家の妻の顔になっていた。

桐箱を弥伊知に持たせながらの帰り道、莉菜は冗談めかして言ってみた。

「武博の最初の女になるのも、悪くないな」

「いい案だと思いますが、その後が心配ですね」

「冗談のわからない男だな、もう」

莉菜は舌を打ち、つぶやいた。

あと十年――

厚い霧に覆われた空にオレンジの太陽が透けている。

TABOO

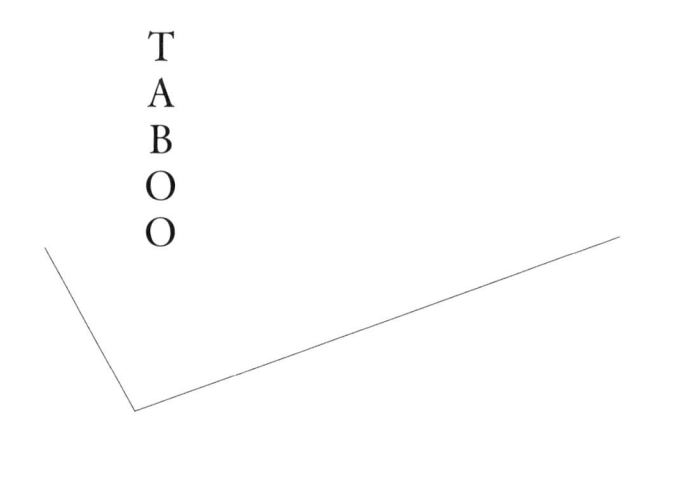

春の嵐がひとつ去って、珍しく空が青い。道東も、そろそろ桜が咲いてもいいころになった。日曜の午後、遅い昼食を摂りに立ち寄った店子の喫茶店で、莉菜は武博からの電話を取った。目の前には、スパゲティカツレツを食べる弥伊知がいる。鉄板に山盛りのスパゲティを口に運ぶ姿は、大男のわりに妙な品がある。箸の持ち方ひとつで殺意が湧くこともある莉菜だが、弥伊知との食事は気楽だった。

武博が道南で寄宿舎生活を始めてから一か月が経つ。中等部の陸上記録会で早くも学校新記録を出したという武博の報せに、素直に喜んだ。三月、莉菜からの合格祝いは携帯電話だった。携帯禁止の校則に従い部屋から持って出ることはないが、数日に一度莉菜を呼び出す。

百メートル走で開校以来のタイムをたたき出した武博の、男になりかけた声が耳にくすぐったい。

「武博なら、どんなトラックを走っても必ず絵になるよ」

「夏に札幌である北海道大会に出たら、応援に来てくれる？」

莉菜は「それは無理だ」と答えた。どうしてと言われても、そう決めているからとしか答えられない。用のある人間と会うときはこの街で待つというのが莉菜の仕事なのだ。影山博人がそうであったように、莉菜も自分からは決して動かない。金か権力か――欲に使命感の衣を着せた相手が動くのを、じっと網をかけて待つ。それが莉菜の役目だった。

「僕が走っているところは、莉菜に見て欲しいんだよな」

おや、と思った。この子は十二にしてもう女に甘えることを覚えたか。莉菜は小指の先で武博の虚栄心をくすぐる。

「あたしが見たって、記録は変わらない。ゴールテープは莉菜じゃない」

電話の向こうで黙り込む少年の、心の裡を想像するだけで楽しくなってくる。弥伊知がちらりとこちらを見た。そう責めるんじゃないよ、と目で応える。

「家にはちゃんと連絡しているんだろうね。お母さんには毎日声を聞かせてあげて。そのための携帯電話じゃないか」

「お母さんは、向こうが話したいときに一回だけ鳴らしてくる。掛けられるときに掛けてるから、心配ないよ」

いつのまにか人間関係を天秤《てんびん》にかける術《すべ》なんぞ身につけている。母親などとうに陥落状態だ。いまの武博の無意識はいつか意図的なものへと変わり、やがてかたちのない強力な武器になる。そのときを思うと莉菜も笑いが止まらない。

たまらないねえ――

ぽつりと本音が漏れた。武博が「なに」と訊ねる。

「いいや、なんでもない」

そろそろカフェオレが冷えてしまいそうだ、と言っても武博はなかなか電話を切ろうとしなかった。なにかまだ話したいことがあるようだ。莉菜はわざと冷たく言った。

「武博、あたしも忙しいんだよ」

まだまだ莉菜の手のひらにも乗れていない少年が、声を低くした。

「寄宿舎の、同室のやつが変なんだ」

どう変なのかと問うと、夜中に武博の布団に入ってくるという。

「さびしいって言われたってさ」

「言うとおり、さびしいんでしょうよ」笑い出したいのをこらえて言った。

これから一年近くずっと同じ部屋なのでどうしたらいいのかわからない、と言う。わからないと言えるだけの、武博には余裕がある。

「で、お前はなにを言いたいわけ」

莉菜が声を低めにしてそう言うと、数秒間を置いて武博が言った。

「僕のを、握ってくるんだ。嫌がると、泣いて謝る。でも少し日が経つとまた来る」

「握らせときゃいいじゃない。また来るってことは、お前が本気で嫌がっていないのがわかってるからだろう。相手のポジション摑んだら、攻め方も変わるだろう。何度かにいっぺんくらい、お願いをきいてやりなよ」

少年は思いのほかつよい口調で「それで得るものはなにか」と問うてくる。莉菜は間髪入れずに「手足」と答えた。

「やりかた次第で、お前はそのうち、たったひとことでそいつの手足を自由に動かすことが出来るようになる。体なんて減るもんじゃないだろう。使えるものはしっかり使いな。大事なのは、お前が楽しまないことだ」

最後のひとことで、武博はなにを言われているのか悟ったようだった。

「わかった」

次の電話でどれだけ声が野太くなっているのか楽しみになってくる。莉菜は、少年の耳元に囁く。

「いいか、最初から最後までお前からは喋るんじゃない」

切れた電話の向こうで、武博がなにを思うかを想像する。男子校の横にあるという古い寄宿舎にも、外界には見えない権力争いがあるだろう。武博が与えられた環境でなにをどう操りのし上がってゆくのか確かめたい。影山博人の血を受け継ぐ者を携帯電話ひとつで育てるには重たい責任がつきまとうが、そんなひとときが今の莉菜にとってはたまらなく楽しい。

カフェオレはとうに冷たくなっており、弥伊知の皿は空いていた。

「とても楽しそうに話されていましたね」

「楽しいよ。あの武博が夜這いを掛けられていると聞けば、そりゃ楽しいに決まってるじゃないか」

「夜這い、ですか」弥伊知はさほど驚いたふうもなく言った。

「男子校だもの、そのくらい。上級生に押さえつけられるようなタッパでもない。頭も体も上をいってる人間に、ひとは本能的に従うもんだよ。相手はネコだ」

弥伊知は答える代わりに、カウンターのマスターに向かってカフェオレをオーダーする。

莉菜は、自分はその本能的なところを覆しながら生きているのだから、と思う。つと自分の手を見た。真横に一本、手のひらの上下を真ふたつに割る線がある。母のまち子が珍しい手相だと言っていた。

――あんたは必ずなにかになる。あたしとヒロトの娘だからね。

莉菜とヒロトは、血が繋がってもいないのに同じ手相を持っていた。男と女が巡り会うために親子になるなんて、そんなことあるのかとひとりごちた。

「弥伊知、あとの予定は？」

「現在、空き店舗でテレビ番組のロケが入っています。見学がてら、いかがですか。そのあとは気が向かれましたら会食が」

「なんの番組だっけ」

「ＢＳの旅番組です」

挟み込みの、バーのシーンを撮るのだという。川岸に近い影山ビルの最上階と聞いた。以前はピアノバーだったはずだ。グランドピアノありの居抜き物件になってから数年になる。夜は川面に街灯がゆらめき落ちるのが見える、いい店だった。ピアノの始末のほうが金がかかるらしく、なかなかぴたりと店子が決まらない物件だ。今どき八十平米のフロアを仕切るには昨日今日水商売をかじったくらいでは無理だ。

腕時計を見た。カフェオレを飲み直してから歩き出せばちょうどいいくらいだがどうだろう。弥伊知が言うには、そのシーンはグラビアアイドルがつとめるという。

「グラビアねぇ」莉菜は運ばれてきたカフェオレをひとくち飲み、砂糖を入れ忘れたことに気づいた。ブラウンシュガーをふた匙入れる。溶けるまで、少し苛つく。特別誰に言われたこともないが、もしかしたら気が短いのかもしれない。

気乗りはしないが、珍しく弥伊知がそわそわしているので行ってみることにした。傍目にはわからないだろうが、莉菜にはわかる。多少でも落ち着きをなくしていることがばれぬよう、ほんの少し両肩に力が入っている。莉菜は底にゆくにつれ甘くなるカフェオレの、甘みの向こうに弥伊知の姿を見る。

「お前がグラビアアイドルねえ」重ねて言う。

「そういうわけでは」いかつい男が無表情で狼狽《うろた》える姿を見るのもまた楽しい。

どんなロケが来ても顔を出したことはないが、いつもと違う弥伊知を見るのも悪くなかった。莉菜は立ち上がり、マスターに軽く手を振った。

太陽が傾いていた。植え込みに背の低いチューリップが神経質な花びらを膨らませていた。この街の花々は太陽がなくても時期になれば咲く律儀さを持っている。

アスファルトのグレーと電信柱と夕空と、カラス。繁華街の本当の姿は、開店前によくわかる。不穏な動きがあるときの店の周り、ビルの入口には、不思議なほど似たような気配が漂った。妙な時間帯に妙な人数の出入りがあれば、どんなに静かに動いていても店構えに落ち着きがなくなるのだ。今日の弥伊知のように。

第一影山ビル一階の、松浦酒店の前を通りかかる。武博の母親は既に店に出て帳簿に目を落としていた。その視線がするりと店の外に向けられ、莉菜で止まった。酒店の前掛けを締めた女将が出てきて、莉菜に頭を下げる。ここでは日が暮れても「おはようございます」だ。

「体調はいかがですか」

「おかげさまで」

いつ見てもふっくらとしていた頬が、ややそげている。年明け、武博を道南の男子校に入れる準備を始めたころから、女将の段腹が一段ずつ減っているという噂が立った。酒屋の女将が痩せたのでは売れ行きに関わりますよ——莉菜のそんな慰めも、あまり効果はなかった。この女には、もう少し働いてもらわねばならないのだった。武博の父、雄太が国政へ潜り込み、しっかりとした地盤を築くまでなんとしても。

息子が寄宿舎に入ったくらいで体を壊されては困る。電話が効いたか、諦めたか、女将は本来の気丈さを取り戻しているようだ。莉菜に評判のいい焼酎があると告げた。

「あとで取りに来させます。女将さんがお元気なら、武博も喜ぶと思いますよ」

女将の目が一瞬で赤くなる。夫が道議選で当選しようと決して泣かなかった彼女が、息子の武博のこととなると途端にもろくなった。莉菜も、彼女とはまったく別の角度から骨を抜かれているようなものだから、ひとのことは言えない。松浦武博は、その恵まれた体軀も、声も、己の使いどころを間違わぬ頭の良さも、影山博人にそっくりだった。

ロケに貸し出したピアノバーは、ピアノ弾きの女をひとり撮るだけだというのにものものしい機材と人が入り込んでいた。開店前でなければほかの店子の大迷惑だ。床には太いワイヤーやコードがとぐろを巻いている。店の四隅にはレフ板が用意されていた。グラビアアイドルはまだ現場に入っていないようだった。

莉菜が写真をやめてからもうずいぶん経った。捨てた過去に未練はないものの、癖のひとつとして、今ここで自分がカメラを構えていたらどんな具合だろうという想像はする。しきりに弥伊知に頭を下げていた小男が、驚いた顔で莉菜を見た。唇が「あちらが」と動く。目が合い、男は慌てて莉菜の前にやってくる。こんな場面にはもう慣れた。相手の素性と接触の内容、あるいは細かな報告事については、ほとんどが片づいてから聞く。莉菜を目の端で小娘扱いした相手が、名前を言った途端に態度を変える姿は、最初こそ面白く眺めていたがいまはもう鬱陶しいだけだった。

「このたびは、お世話になります。影山さんのご協力でロケも順調に進んでおります」

「なにかお困りのことがございましたら、この齋藤《さいとう》に申しつけてください」弥伊知を示しながら返した。

小男は馬鹿丁寧な礼を言ったあと、是非ともロケ現場を見ていってくださいという。

「影山さんには珍しくもなんともないでしょうが、人気のタレントを連れてきています」

少ない光のなかで、金色の埃が舞っていた。莉菜はカメラやピアノに遠い、店の入口近い目立たぬスツールに腰を下ろした。弥伊知は莉菜の視界を遮らぬよう、一歩動けばガードができる場所に立つ。六人、七人、出たり入ったりしているスタッフの誰もが、弥伊知を邪魔くさそうによけて動く。

廊下がざわついて数秒、先ほどの小男がパーカー姿の中年女ひとりと赤いロングドレスをまとった女を連れて入ってきた。ドレスの女は肩に厚手の大判バスタオルをかけている。空き店舗の空調は止めているはずだ。十度あるかないかというところでの撮影に、薄いドレス一枚では寒いだろう。数時間の撮影に暖房器具は必要ないと判断したか、あるいはタレントが機材より大切にされていないか。

莉菜はそのグラビアアイドルを知らなかった。週刊誌で見るのはこちらが金を都合した政治家の記事くらいだ。ぱっと目に入ってくる半裸写真によって、いちいち自分が撮ったときの角度を探す癖も煩わしいことだった。

小男から何か耳打ちされて、先にやってきたのはパーカーを着た女だった。女が差し出した名刺には、聞いたことのない事務所名が記されている。彼女はタレントのマネージャーだった。

「いま、ご挨拶させます」パーカーがドレスの女に声をかけにゆく。走っているわけでもないのに、走って見えた。こんなとき後ろ姿で急いでいるように見せるのも仕事のひとつなのだろう。莉菜の視界で赤いドレスがゆったりと動く。細い顎を上下させると、肩のバスタオルをマネージャーに渡し、莉菜と弥伊知の前までやって来た。

「初めまして、サイトウシズカです」

名前に違わぬ和風の顔立ちは、昨今いくらでも加工が可能だろうに。彼女は一切の手を入れず、かなしげな目元を強調でもするように化粧が薄かった。ほどよい下半身の肉付きを見れば、三十を過ぎているかもしれない。どのくらい過ぎているのかを想像するには、目元に表情がないので情報不足だ。ただ、表情の乏しさと抑揚のない言葉からかけ離れた声が、彼女を一度で印象づける。彼女の売り物は、実のところグラビアには必要のない、その声かもしれない。ころころと質のいい鈴を手のひらで転がせば、こんな心地良い音になるのではないか。莉菜の前で、弥伊知の首が軽く前後する。客人になにか企みがあるときの弥伊知は、これ以上莉菜に近づかぬよう立ちふさがる。今日はそのようなことはないようだ。

弥伊知の護衛をゆるやかに突破した彼女は、今度は莉菜に向かって深々と一礼した。

「どうぞよろしくお願いいたします」

感情のこもらぬ言葉に、彼女の体を支える鋼《はがね》のつよさを感じ取る。切れ長の目元に鋼の光をもった女は数秒、莉菜の目をとらえたあとピアノへと戻って行った。グランドピアノの前で、マネージャーが彼女の肩にバスタオルをかけた。

弥伊知は莉菜を振り向かないまま、大きな背に微かな緊張を混ぜて立っている。この様子では誰かが向かってきてもコンマ一秒出遅れる。屈強な男がいつになく緊張しているのを見て、莉菜の興味がするりとドレスへ流れた。

ライティング、完全に日の落ちる頃合い、準備が整うまでの三十分のあいだ、サイトウシズカは調律のずれたピアノで「エリーゼのために」を弾き続けた。

――すみません、これしか弾けないんです。

音も台詞も不要な挟み込みのカットには「なにか弾いている感じ」だけでいいという。ディレクターもカメラも、むろん音声も、この映像に関わる誰もがその声に期待していないことが面白かった。声のある役だと場面から浮いて響き、それがたとえ彼女のいちばんの売り物だとしても、なじまないのだ。

面白い――

リハーサルを終えたところで、莉菜は店を出た。傍らの弥伊知は先ほどより落ち着いている。

「このあと、マネージャー経由でタレントを交えての会食が入っておりますが、いかがいたしましょうか」

「いかがいたしましょうか」そのまま返すと、弥伊知が黙る。

「枕なら、お前に任せるよ」

「そういうことは、いたしません」

営業枕の寝心地がいいわけもない。相手の顔が立つ、というだけで女以外の人間が嫌な思いをしなくても済むだけだ。

「いい女だった。ご飯くらい一緒に食べようか」

武博との会話で始まった凪《なぎ》の一日に、こうした時間があるのも悪くなかった。凪の次には必ず時化《しけ》が来る。風向きひとつでなにもかもが変わる。この街は莉菜にとって、板子一枚下は地獄の場所だ。もっとも、街を乗せた湿原自体が水に浮く泥炭層《でいたんそう》で出来ているのだから、なにかの弾みで街ごと海へ漕ぎ出してもなんの不思議もない。そのときは次の岸まで航海するだけだ。

午後七時、案内された寿司屋の個室に、タレントとマネージャーが待っていた。化粧を落として紺色のワンピースに着替えたサイトウシズカは、物腰ひとつもゆっくりだ。莉菜たちが座る前に、座布団を外して両手をつき「お忙しいなかありがとうございます」と頭を下げた。肘の角度も頭の位置もぴたりと止める姿は、踊りか武道か、なにがしかの様式をおさめているように見えた。加えてその「どこにでもいそうな気配」が意識的な愚鈍さを感じさせる。このアンバランスは彼女の強みだろう。マネージャーが四人のコップにビールを注ぎ言った。

「お目にかかれて光栄です、こちらでお仕事させていただくときは影山さんがついていれば大丈夫と言われてやってきました。ご縁に感謝しております」

莉菜は冷えすぎて味がしないビールをひとくち飲んで「それはどうも」と応えた。サイトウシズカは、青白い血管が浮き出てきそうなほど透き通った顔をゆるりと前に倒す。弥伊知は昼間の硬さが取れている。ビールを芋焼酎のお湯割りに切り替えて、莉菜は正面に座るシズカに訊ねた。

「背中の筋肉ずいぶん鍛えてあるけど、なにかやってるの」

「日舞を少し」

「少しって、どれくらいですか」

「二十五年です」

莉菜の質問にひとつひとつ、言葉を選びながら答える彼女の目には、期待以上のつよい光がある。英語は通訳2級、エンバーミング（遺体衛生保全）の免状《ライセンス》を持っていると聞いて、いっそう興味が湧いた。

「このお仕事を始める前は、葬儀会社に勤めておりました」

なぜ芸能事務所になんぞ入ったのかは訊ねなかった。そんなことはどうでもいいと思えたのは、彼女がほとんど弥伊知を見ないで話し続けたからだ。

「五年前に父、三年前は母を送りまして、グラビアはそこから始めたお仕事なので、三十過ぎてはおりますがまだ新人です」

「いつ辞めるの？」

莉菜の直球に、戸惑う様子もなくシズカが答えた。

「人捜しを終えたら、と思っております。ご遺体相手の仕事だと、死ぬまで見つからない可能性がありますので、生きているあいだに会うためにはこういう手段もあるかしらと思いまして」

面白い女だった。年齢も出身地も偽りなく公表することで、捜し出せる確率が上がるはずだと笑う。いったい表情のつくりかたをどこで覚えたのか、莉菜にはとてもそれが笑顔には見えない。そっと箸を置く薄幸そうな手元には、たしかに舞扇が似合いそうだ。

「で、手応えは？」

彼女は「まだ」と首を斜めに揺らした。莉菜は横でぴしりと背を立てながら話を聞いている弥伊知を見た。無表情の馬鹿者がそこにいた。

その一時間後、川沿いのホテルに彼女がやってきた。マネージャーは相手が弥伊知だと疑わなかったようで、別れ際に何度も頭を下げては「大事な商品ですので、どうかお手柔らかに」を繰り返していた。

莉菜が窓際のひとりがけに座って飲んでいるのは、松浦酒店の女将から届いた「百年の孤独」だ。焼酎にこんな名前をつけるセンスはどうなんだ――莉菜のぼやきを横で聞いていた弥伊知は、シズカを部屋まで連れてきたあとはドアの外で待っている。ひとりでぽんと放り込まれた部屋に莉菜がいて、彼女も意味がよく飲み込めていない様子だ。

「まあ、そのへんに座りなよ。立ち話もなんだし」

「失礼します」シズカがバスルームに近いほうのベッドに腰を下ろした。紺色のワンピースから細い膝がのぞく。揃いの磁器みたいに並んでいる。ほんの少し斜めにした膝下は、すねの直線とふくらはぎの丸みが見事だった。

「いい体してるよね」莉菜が言うと「ありがとうございます」と返ってくる。この女の良さは肌を出しても感情を露出させないところだ。だいたい莉菜自身が、誰にも感情の有無を期待していない。「ないふり」は難しいものの「あるふり」が出来るのが感情だろう。余裕のない人間は、どこかで見たような言葉と表情で日常をやっつける。そういう意味で、サイトウシズカはオリジナルを持った立派な女優に思えた。

「ごめんね、営業じゃなくて。マネージャーにはあれが相手だったって言っといてよ」

莉菜は顎をしゃくりドアを示した。

「だいじょうぶです」

「落ち着いてるね」

「そう見えれば、嬉しいです」

「で、ようやく捜していた兄に会えた感想は?」単刀直入に訊いてみた。

「予定どおりです」それが返答になるのかどうか、彼女は薄い反応で更に莉菜をおもしろがらせる。

「今どき、生き別れの兄貴を捜して芸能人になるなんて、流行らないだろうに。どのあたりで気づいたの」

バーの撮影のとき、と彼女が答えた。弥伊知のほうが先か。莉菜は笑いをこらえながら「百年の孤独」を飲み干した。兄のほうが先に気づいて、そっと彼女の様子を見に来る。能動的にならないことで、サイトウシズカのもくろみは成功した。この女は再会したあとのことまで計算尽くなのだ。

莉菜は立ち上がり、脱いだ上着を椅子の背もたれに放った。白いシャツの袖をめくり、シズカの目の前に立つ。女からいいにおいがする。どこにでもありそうな薄い柑橘の香りだ。髪を撫でた指先を、ワンピースの胸元から差し入れた。彼女はされるままになりながら、じっと莉菜の顔を見上げている。尖りに触れると薄い唇が開いた。

「だいじょうぶ?」

「ご安心ください」声には戸惑いが感じられない。

——脱いで。

彼女はためらいなくベッドから立ち上がり、着ているものをすべて脱ぐ。その姿は潔く、仕事に徹した人間の静けさがあった。

胸をつかみながらその体をそっと後ろへ倒した。莉菜が亀裂《きれつ》に手を伸ばす。

「へぇ、こんなふうに出来るものなんだ」

ざらつきさえ残さない手入れに感心していると「撮影では邪魔なので」と、またあの高級そうな鈴の声で応えた。

「なんだか人形みたいに綺麗だね」

「人形みたいにしていると、怒られます」

「どうして」

「ご奉仕の仕事が多いんです」

「力のないやつほど、そうさせるだろうね」

シズカが軽く身をよじり笑った。

つまんない演技は、要らないから――

莉菜は、亀裂のあいだで心細さを装う尖りに触れた。彼女は黙ってその指先に応えてくる。顔も手も、足も、胸も、迷路の戸口さえちいさい女だった。自分の末端をうまく調節して、こちらの指を焦らす方法まで身につけている。この体を使ってなにをしてきたのか考えながら、じりじりと湿らせてゆく。

「この先、ここで弥伊知の面倒をみてほしいんだよ」

ここ――分け入った部分を、指先で揺らした。

彼女が「いいんですか」と問うた。

「きりのいいところで。待ってる」

誰より弥伊知が、と言うのは癪《しゃく》にさわる。この女がいれば、弥伊知の眠れぬ夜が一度でも失せるかもしれないという期待もある。しかしなにより莉菜の興味を引いたのは、彼女が持っているという技術だった。

「あたしの世話になると、いつ死体を片付けろって言われるかわからないよ。それでもいい？」

「いつでも」シズカは今日初めて目と口、両方を使って笑った。

ひとりのグラビアアイドルの引退記事が流れたのは、桜前線が北海道から去って一週間ほど経った六月の初めだった。

引退のコメントに「これからは家族のために生きたい」とあった。真実でも嘘でもない、おかしなひとことだ。この先女優として開花させる予定だったという事務所から、なだめすかしがあるのは仕方ない。脅し言葉が出てきたところで、莉菜が東京に電話を入れた。そのあとはどんな媒体からも彼女の消息を告げる記事は出なかった。

その日莉菜は、スーツのインナーに白いTシャツを選んで身につけた。これから空港まで議員をひとり迎えに行かねばならない。現地視察の名目で、いったい何をしに来るものか。夜はシズカに任せたらどうなるだろうと考える。弥伊知はなんと言うだろう。黙って従うには違いないが――やめておこう。

くだらない想像にため息をひとつついたところで、携帯電話が鳴った。武博だ。

莉菜は引き延ばした影山博人の写真の前に立ち、通話ボタンを押した。

「おはよう、武博。首尾はどうなの」

「記録は少しずつ伸びてる。このあいだ言ってた同室のやつ、莉菜の言うとおりにしてみた」

少年と莉菜では、時間の流れも長さも、空も海も人の顔色もすべてが違う。「へぇ」と返す。武博は少し怒ったような口調で言った。

「聞くほどいいもんじゃなかったよ」

「お前がいいかどうかは、関係ないだろう」

「わかってるよ、だからちゃんとやったってば」

すねたふうの口ぶりも、莉菜にとっては可愛くてしょうがない。ヒロトの少年時代をつまさきからなぞっているようで、たまらなく楽しい。


先からなぞっているようで、たまらなく楽しい。

「で、どうだった」

「なんでも言うこと聞くって、ここから先は僕の奴隷になるって言った」

「望み通り奴隷にしてやんなよ。多少のわずらわしさは仕方ない。体ひとつで収まる世界なら、安いもんじゃないか」

「ああしてくれ、こうしてくれって、要求ばっかりで嫌になる」

莉菜は思いきり、世界を抱きしめられるほどの慈愛を込めて深呼吸をする。

「あたしもだよ、武博」

「莉菜はなにを要求されてるの」

写真を仰ぎ見て、この男が自分に求めたものはいったいなんだったかを考えた。なりたいものになる、という夢。人を貶《おとし》めることのできる優しさ。孤独。金も力も、ひとつひとつ確実につかみ取ってゆく握力。

影山博人が自分に求めたもの。彼が失ったものすべてがこの身に詰まっているのだった。

「どうしたの、莉菜」

冥界から、ヒロトが微笑んでくる。

「武博、あたしが求められているのは、女であること以外のすべてなんだ」

わかるか、という問いに素直に「わからない」と返してくる。いい、それで。

武博は、記録を更新したらまた連絡すると言って通話を切った。写真の前から、リビングの窓辺へ移る。見下ろすと川が逆流していた。切り落とされた六本目の指が、まだこの川で往来している気がする。

莉菜の体の突き当たりで、螺旋を描きながら――

来客

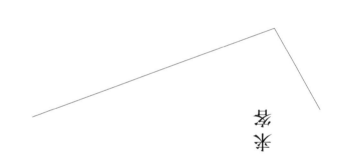

港を見下ろす家の窓に、腰掛けめいた西日が差し込んでいた。朱色に染まりかけた太陽は、どんどんその大きさを増してゆく。久しぶりに実家にやってきた莉菜は、テラス窓のそばでコーヒーを待っているまち子のくわえ煙草を見た。

「灰が落ちる。その絨毯に穴あけるのやめてよ」

「いいじゃない、別に。お前が買ったわけじゃなし」

「そういう問題じゃないでしょう」

唇に挟んだ煙草の角度で、母親の機嫌の悪さを計る。商売が理由ならばもう少し角度が上向きのはずだった。電話で呼び出されたのが昼過ぎだから、母の用件は今日起こったことが原因だろう。まち子は苛立ちをひと晩胸に溜めておける女ではない。思ったらすぐに答え、あるいは結果が見えないと周囲がそのとばっちりを食らう。そのくせ商売に関してはねっちりと攻め、敵が起き上がれなくなるほど痛めつけるのだから不思議だった。

「あたしを呼びつけて、コーヒー淹《い》れさせて、そんなに苛々《いらいら》しながら話したいことってなんなの。つまんないことだったら怒るよ」

「つまんないかどうかは、お前が判断することじゃないよ。お前だって取るものも取りあえず駆けつけたわけでもないだろう」

もともと化粧気なく、服も貴金属も興味なさそうにしているが、娘を前に悪態をつくときはほんの少し少女の気配を漂わせる。娘以外に愚痴をこぼせる相手もいないのだから、年に一度あるかないかの苛々くらい付き合わねばなるまい。

母のお気に入りのカップは、十五年以上ものあいだ割れずに棚の居場所を確保しているノーブランドの磁器製だ。人も物も、気に入れば出自を問わない女だった。それだけに手痛い失敗もしてきたはずだが、本人曰く「そのたびにちゃんと学んでる」。

「用事があっても来いっていう勢いで電話を寄こしたくせに。お湯を沸かしてるあいだもドリップ落としてるあいだもそこでだんまりじゃ、だんだん気が重たくなってくる。早く言ってちょうだい」

まち子はテーブルの灰皿に煙草を置き、電話の横から封筒をつまみ上げ、ひらひらと振った。

「あんた、ヒロトにきょうだいがいるって聞いてた?」

「いや、一度も聞いたことない」

「死んでから十年も経ってから手紙を寄こす妹って、どう思う？」

「どうもこうも――」

義父の影山博人が父親の顔も知らず育ち、母親は彼が若いころに首を括って死んだという話は知っている。亡くなる数か月前に、生まれた場所の荒れた土地を見た。影山博人は、予感めいたものなどあるはずもないあの刻に、初めて語った来《こ》し方を置き土産にして逝ってしまった。

「きょうだいなんて、聞いたこともないからピンとこないね」

まち子が盛大なため息とともに「あたしもだ」と吐き捨てた。コーヒーカップをテーブルに置いた。ソファーに腰を下ろしたまち子が、カップと交換に莉菜の前に封筒を差し出した。

影山様――

まち子の名も莉菜の名もない。住所は町名だけで番地が書かれていなかった。しかし、笑って済ませるには気の毒なほど端正な文字だった。ひと目見て、女文字だとわかる。右はらいに、ほどよい神経質さが、左はらいには几帳面さが漂っている。莉菜はヒロトの書く文字を思い出した。もともとは六本あった指に対する無意識の抑圧を感じるほどに、彼の文字は美しかった。滅多にしないメモの走り書きでさえ、筆の基本をおさえていた。

莉菜は上質な和紙の封筒を裏返し、差出人を確かめた。住所は札幌市中央区、番地から高層マンションであることがわかる。田所圭《たどころけい》、とあった。

「このひとが、ヒロトのきょうだいなの？」

「町名と影山の姓だけでうちに配達する郵便配達の勘と親切はありがたいけどさ、なんだって今ごろ手紙なんぞ寄こすかね」

まち子の指が細い煙草をつまみ上げる。莉菜は祖母の家からこの街へとやって来て以来、母の爪が染まっているのを見たことがなかった。もともとは札幌の繁華街でスナックをしていたところ、ヒロトが拾って釧路《くしろ》まで連れてきたという。母はここに流れ着いて一年で祖母と莉菜を呼び寄せた。恩人から夫へ変わるところに、ふたりのどんな物語があったのか、本当のところは莉菜にもわからない。ヒロトも母も、極端に昔の話をしない人間だった。

「読んでもいいの？」

「そのために呼んだんだ。お前の考えも聞かないと」

まち子の機嫌が悪い理由は、自分の知らない夫を知っているのが、女だったという事実なのだろう。見える範囲でなにをしていても口を出さずにいたけれど、死んでしまったあとは誰もが想い出話しかしない。耳に入るのはまち子に知らされなかった事実ばかりで、もはや事実なのかどうかを確かめる術もない。

莉菜は、母にとってどれだけ不快なことが書かれてあるのか考えながら封筒の中身を取り出した。広げた便せんには、封筒と同じく美しい文字が並んでいた。

『拝啓　突然お手紙など送りつける無礼をお許しください。わたくしは田所圭と申します。

三十年ほど前、夫を亡くしたあと、影山氏のお力添えで街を出ました。その後札幌にて仕出し弁当屋で働いていたのですが、縁あって弁当屋の老夫婦から店舗を買い取り、起業いたしました。いまはすすきのでおにぎりの店を開いております。このたび筆を執りましたのは、風の便りに影山氏が亡くなったと伺ったためでした。故郷を出てから土地と一切の連絡を絶って暮らしておりましたことが、不義理の理由になるとも思いません。もうずいぶんと前に亡くなっていると伺いましたのは、半年前のことでした。以来、わたくしのたったひとりの兄であったかもしれぬ影山氏の墓前に、一度お参りを許していただけたらと願う日々が続いております――』

便せん三枚にぽつぽつと綴られた自己紹介の、後半部に現れた「兄であったかもしれぬ」の文字が浮いている。二度ぶしつけな手紙の詫びを挟み、戻ってくることを覚悟しながら投函する旨と、田所圭の電話番号が遠慮がちに記されていた。

「墓参りしたいって書いてあるよ」

「今ごろ妹だったかもしれないなんて、どういうつもりだろう」

「ただ、墓参りしたいんじゃないの？」

莉菜の乾いた態度が気に入らぬらしいまち子は、ふんと鼻を鳴らした。夜の街のつまみ食いには寛容だった母も、身内だったかもしれぬという女には柔らかな対応ができないのだった。夫を亡くしたあとの母がどれだけ周囲と闘って来たかを見てきた莉菜は、損得勘定あって近づいてくる人間のほうがずっとその対処が楽だということを知っている。

「気になるんなら、素直に電話して話してみたらいい。自分でかけたくないのなら、あたしがやろうか」

莉菜がそう言うと、まち子の目尻に皺が広がった。最初からそのつもりで呼んだのだと気づき、これ見よがしに息を吐いた。娘の過剰な演技に動じるような女でもない。

「そりゃ助かるわ、ありがとう。なにかあったら連絡して」

「いいえ、どういたしまして」

言いたいことを言ったあとは、からりとしているまち子だった。苦笑いを返し、使ったカップを台所へと運ぶ。結局手紙は莉菜が預かることになった。連絡を取るのも取らぬのも莉菜の自由ということだ。

「連絡取っても、別にあたしに報告する必要はないから。あんまり面倒なことを言い出したら別だけど。そういうときの判断はお前のほうがずっと容赦ないだろうから」

「どういう意味、それ」

「お前は、ヒロトそっくりだから」

もめ事の処理に感情をまぶして逃げないことへの褒め言葉なのか、それともあまりの非情さに母親として呆れているということなのか。どちらでもいい。莉菜が父から学んだのは「やるときにやるべきことをやる」だった。「や」の文字は「殺」になることもあるし「演」

にもなる。そこに一切の情を挟まずにいれば、傷も血も最小限で済むのだ。

いつしか西日は朱色に染まり、たっぷりと一日の景色を含んで膨れあがっていた。今日死んだ者と生まれた者、このひとときにも繰り返されている無数の交代劇を包み込んで、海へ身を投じる。実家の窓から焦げ尽くした太陽を眺めるとき、莉菜の胸には影山博人の横顔が浮かぶ。眠っているのか風に吹かれているのかわからぬ表情は、容易に声を掛けられない静けさを漂わせる。港はもう秋の海風で寒いほどだ。命日が近づいていた。

田所圭に電話をかけてみようと思ったのは十月の終わり、長患いをしていた政治家の訃報が入った日だった。

地盤は既に娘の亭主に譲ったあとなので心配は要らない。娘とその夫が、ふたりで遺影と遺骨を抱いて週刊誌に載れば、最後の役目を果たせるだろう。あとは扱いがどのくらい大きいか、だ。生前の面倒ごとが浮上すれば別だが、今のところそのような連絡は入っていなかった。莉菜にとって世の中が忘れっぽいというのは、何よりもありがたいことだった。

仕事用の携帯電話を閉じる。運転席の弥伊知に返そうと手を伸ばしかけて、つと思いとどまった。見慣れた夜の信号待ちに、冬の色が近づいている。歩道には相変わらず人がおらず、車の動きも昔とは変わった。駅前から橋までのあいだに並ぶ街灯がいったい何を照らそうとしているのか、ときおり死人に訊ねてみたくなる。

「弥伊知、このあとは何もなかったね」

寡黙な運転手が「はい」と答える。莉菜は車の後部座席に置きっぱなしになっている紙袋を引き寄せ、まち子から預かった封筒をつまみ出した。

「その辺、ちょっと走らせておいて」

「承知しました」

弥伊知のブレーキが優しくなり、発進も丁寧でなめらかに変化する。もともと荒くはないのだが、莉菜が電話をしているあいだは移動中だと気づかれないほど静かな運転になるのだった。

便せんの最後にある電話番号が、もしも読み取れなかったらやめる予定だった。が、車は街灯を撫でながら進む。オレンジ色の光に照らされ、手元は明るい。あっさりと電話が繋がってしまうことも、自分とこの女のあいだにある必然なのだろう。

「夜分、突然お電話してすみません、釧路の影山と申します。影山博人の身内です」

一拍、二拍ほど空気を溜めてからようやく女が「田所です」と言った。

「お手紙をいただいてから少し間が空いてしまいました、お許しください」

「いいえ、こちらこそ大変ぶしつけなことをしたと、投函してから今までずっと戻ってくることを祈っていたくらいです」

文字と同じく、真面目で柔らかな口調だった。車は郊外へと向かっている。街の明かりが少しずつ遠くなる。ものの三分で車は海側に突き当たり、太平洋の海岸線に沿う道へと出た。莉菜は自分が影山博人の娘であることを告げた。

ヒロトが死んだことは、釧路から札幌に移り住んだ寿司職人からの情報だったという。莉菜の脳裏に心当たりがひとつふたつ浮かんだ。いったいどのような話の流れで今ごろ影山博人の話題になったものか。次の言葉を選んでいる莉菜の耳に遠慮がちな声が滑り込んできた。

「奥様は、お気を悪くされていませんでしたか。本当に、お墓参りがしたいという気持ちをお伝えするにはどうしたらいいか考えあぐねて、誤解を避けようという思いつきだけで兄なんていうことを書いてしまいました」

「嘘だったんですか」

「いいえ、もう確かめる術はないのですけど。同じ長屋で、同じ男が両方の母親の家を行ったり来たりしていたらしくて。大人たちがそんな話をしていたというだけです。お忘れいただければありがたいです」

ヒロトが生まれた崖の下で、彼女もまた泥水を舐めるように生きてきたのか。

「ご主人が亡くなる際に、父はどんな手を貸したんでしょうか」

圭は言葉を選んでいる風で、ゆっくりと話す。

「夫が病に伏せっていたとき、焦げ付いた貸し金を彼が回収してくれたんです。あのときのお金がなければ、わたしがいま生きていることもなかったと思います」

ヒロトが人助けをしていたことが新鮮だった。彼が生きてきた場所も、莉菜がいま居る場所も、等しく薄暗い。墓を掘り返し唾を吐きたいと思っている人間たちばかり見てきた莉菜には、田所圭のまっとうに過ぎる言葉は却《かえ》って新鮮に響いた。

「墓参りをしたいとのことでしたが」

「ご迷惑だったらいいんです。こうしてお嬢様とお話しできただけで満足です」

腹違いのきょうだいがいたかどうかなど、実際のところ莉菜にとってどうでもいいことだった。いたとしても、今さら自分が影山博人と血で繋がれるわけでもない。問題は、相手の目的が誠実な言葉とどのくらい乖離《かいり》しているかだろう。涙まみれの電話を掛けてくる人間には、まち子も莉菜もしらけるだけで別段心を動かされたことはない。相手がどんな物語を作って来ようが、足の裏で踏みつぶしてきた。

会ってみるか――珍しくそんな気持ちになったのは、彼女が出てから一度も足を運ばなかった街に莉菜自身が縛られ続けているからだった。

「こちらにいらっしゃる日をお知らせください。お返事はいまじゃなくてもかまいません。お仕事のご都合もあるでしょうし。影山博人の墓には、わたくしがご案内いたします」

ひどく恐縮した声で「明日の始発で伺っても構わないでしょうか」と彼女が言った。この女は鉄路を使って四時間の場所からやってくるのだった。電話を待ちわびていただろう姿を想像する。本心で詫びを言ったことなどいつ以来だったか忘れるような日々、ほんのりと白い小花が咲いた気分で承知し、通話を切った。

「弥伊知、明日の札幌始発の列車で客人だ」

「承知しました」

街灯のない山道を、弥伊知は引き返す。

ここしばらくは夜の飯も別々に摂るようになった。一緒に暮らす女ができたとなれば、雇い主としてはあたりまえの気遣いだ。ひとりの食事を特別さびしく思うこともないが、ひっそりとした部屋でなかなか眠気がやって来ない日は食事の摂り方が悪かったろうかと思ってしまう。半ば強制的にでも、一日一食は弥伊知と食べていたときのほうが栄養が摂れていたのだった。わずらわしい感情がゆるゆると胸から上がってくる。腹違いの妹とままごと暮らしをしている部下の、やに下がった顔を想像するだけで肩が凝ってくる。

街の明かりに戻った。このままマンションに戻るのが億劫だ。莉菜は雑居ビルの地下にあるパフェ屋の名を告げた。

「甘いもので晩飯代わりですか」

「悪い？」

「いや、そういう意味では。ご健康の心配をしているだけです」

「お前に心配されるような暮らしはしてない。たまに甘いものを入れないと、脳みそが働かないんだ」

札幌発の始発列車到着時刻を訊ねる。よどみなく午前十一時と返ってくる。弥伊知はこの街に入るもの、出て行くもの、入り乱れるもの、通り過ぎるものをすべて頭にたたき込んでいる。屈強なボディガードだったはずが、目の前で主が刺されるのを止められなかった現実は、この男からも長いこと安眠を奪い続けている。

弥伊知――今夜不意に訪れた柔らかな気持ちを元手に訊ねた。

「お前、少しは眠れるようになったかい」

「まあまあです」

莉菜はふんと鼻を鳴らし、車を降りた。

午前十一時着の特急列車がホームに入ってくるのを見た。背後には常に弥伊知がいる。昼の日なかにぼんやりと駅で人待ちをしたことはなかった。誰がやって来るときも、莉菜は車の後部座席に座っていた。今日は待ち人におかしな肩書きがないのが良かった。ヒロトの幼いころを知る人間と会って、自分がどんな心もちになるのか期待してもいる。

構内には乾物のにおいが漂い、まばらな出迎え人とキヨスクの棚に並ぶ商品がほとんど同じ貌《かお》をしている。ヒロトが死んでから、莉菜はこの街を出ていない。巡ってくる季節、空の色、ひとも記憶もすべてが自分の皮膚から遠いところに置かれている。目の前にあっても手を伸ばせば遠い。

ホームに乗客が流れてくる。莉菜はひとつひとつの顔を見る。どの瞳もひとを探していなかった。瞳をふくらませ、視界を広げた。列の最後のあたりに、灰色の羽織ものに黒いパンツ姿の——老婆が見えた。向こうの視線が莉菜をとらえた。

田所圭だ。短く切った髪の毛はほとんど白く化粧気もない。ヒロトといくつも年齢が離れていないという勝手な思い込みは間違いだったか。白髪の老婆は深く腰を折った。莉菜は自分の内側から自然に生まれる笑みに戸惑った。

「遠いところ、お疲れじゃないですか」

「のんびり朝の景色を眺めながら参りました。お忙しいところ突然やって来てしまって、ほんとうに申しわけありません」

近づいてよく見れば、髪の毛と服装以外は六十前後だ。まち子以外は皺を埋めるような化粧の女ばかり見てきた。田所圭のつつましい所作と遠慮がちな言葉から、ヒロトの過ごした時間を拾い上げる。初対面の人間に懐かしさを覚えたのは初めてだった。疲れているだろうから、どこかでお茶でも飲んだあと墓に案内すると告げる。彼女は頬から半分笑みを削ぎ、首を横に振った。

「よろしかったら、この足でお連れ願えませんでしょうか」

後部座席に並んで座った。運転席の弥伊知をまじまじと見て、彼女がつぶやいた。

「おおきな方ですねえ」

「父とふたり並ぶと、なんだか鬱陶しかったですね」

「そういえば博人さんは子供のころから、頭ひとつみんなより大きかった」

笑えば年相応の皺が走った。

「父は子供のころから、周りにヒロトと呼ばれていたんですか」

彼女は、目を伏せてひとつうなずいた。視線が車の外へと向けられる。

シャッターが途切れたところにぽつぽつと現れるビルは、銀行とホテルだ。影山博人が生きていれば閉めなかった商店、建たなかったビルもある。時間は生きている人間にも死んだ人間にも等しく降りそそぎ流れてゆく。いま同じ時間にそこにいないというだけなのに、なぜ自分たちは二度と会えないのだろう。墓場に向かう車の中で、心がねじれた。

橋を渡り、高台から海岸線へ。昨日の夜と同じ道を走る。昨日札幌にいた彼女が今日は同じ車に乗っていることを思えば、明日自分が死んでいても何も不思議はないのだった。

墓場の狭い道路を弥伊知のハンドルさばきでそろそろと奥へ向かう。入り江を見下ろす崖の縁から広がる、丘一面の墓場だった。

祖母の死後、まち子がこの土地に骨を埋める覚悟で建てた墓に、結局ヒロトが先に入ることになってしまった。墓の前に車を乗り付けそんな話をすると、圭の表情がせつなげに柔らかくなった。男と女の関係ではなかったらしい。

「博人さんは、ここに落ち着いたんですね」

「不本意だったとは思うんですけれど」

ほろりとこぼれ落ちた言葉に慌てた。自分がヒロトの死をそんなふうに捉えていたことに驚いている。平らにならしたはずの感情が秋の海に重なり、波打ち始めた。

「そんなことは、ないように思いますよ」

一歩進み墓の前にしゃがみ込んだ彼女の、表情を見ることは叶《かな》わなかった。夫と暮らした土地を離れ新たな人生を踏み出した女の背中にしては、あまりにちいさく頼りない。砂利を踏む足音が崖下の遠い波音に重なった。弥伊知が柵の前で入り江をのぞき込んでいる。秋のにおいを含んだ潮風が、どこまでも続きそうな墓石の間を通り過ぎてゆく。

田所圭がバッグの中から、クラフトの紙包みをひとつ取り出した。弥伊知の体がこちらを向く。莉菜の周りにいる人間がたとえ誰でも、護衛の姿勢は変わらない。海を見下ろす崖縁に眠るヒロトだけが、何もかもを笑える位置にいるのだった。

彼女が紙包みを開いた。中から出てきたのはにぎりめしだった。御影石の台の上にクラフト紙を敷き、その上にふたつのにぎりめしを置く。男のこぶしひとつ分くらいありそうな大きさだ。一分ほど墓石に手を合わせていた彼女がゆるりと立ち上がり、莉菜と弥伊知に向かって深々と頭を下げた。

「ありがとうございました。これで心置きなく今の暮らしに戻って行けます」

もう一度会ってひとこと礼を言いたいと思い続けて生きてきたのだ、と彼女は言った。いつか影山博人に礼を言える日まで歯を食いしばって働こう――それが生きがいでもあった。田所圭は、ひとことずつ包装を解くように言葉を開いて見せる。

「そう思い続けてきた日々があるだけで、まさか亡くなっているとは思わなかったんです。夫のことを思い出せば、世の中そんなこともあると頭ではわかっているのに。かなしいとか残念とか、うまく言葉にできればいいんですけど、なにか違う気がして。あれこれと考えて、やっぱり彼が死んだ場所で手を合わせるくらいしか、今までをうまく飲み込む方法がないと思ったんです」

生きている人間の悔いのかたちとして墓石があるのなら、それでいいのだろう。ぽつりぽつり言葉を間違わぬよう話す彼女の姿は、ひとりの男が生きて死ぬまでのあいだに確かに在った、きらきらと光る尊い時間そのものだった。

いかなるときも感傷的にならぬことが自分に与えられたよき資質だと思っていた。莉菜は頬が勝手に上下しないよう注意を払う。部下に感情の棚を悟られるのもばつが悪い。唯一、窮地を救ってくれそうなヒロトの死因――すべては莉菜の不始末であるという――を、彼女は訊ねなかった。

莉菜の逃げ口上を塞いでいることを、当の彼女は気づいていない。求められていないものを、追いかけて披露するのはみっともないことだった。

「彼の代わりにもらってくれますか」

田所圭が墓前に供えたにぎりめしを莉菜と弥伊知に差し出した。それぞれの手に渡すと、彼女の表情が空に映えた。

「お弁当屋さんの軒先に、よく作業服姿のお客さんがやって来たんですよ。いつもご飯の大盛りを百五十円分買っていくの。なんでご飯ばかりかなと思ってたとき、作業着のポケットに海苔の佃煮の瓶を見つけたんです」

海苔の佃煮を持ち歩き、昼飯には白米だけを買う。自分ももしかしたらそんな暮らしをしていたかもしれない。物のあふれたこんな時代に――と思ったところで、田所圭は店主ににぎりめしの販売もさせてくれるよう頼み込んだ。仕出しに力を入れたい店主は、ランチメニューの簡略化を図るつもりで「おにぎり屋さん」を始めた。

「三年くらい経ったころコンビニの影響で、仕出しと店舗販売の売り上げが逆転しました」

老齢だった夫妻は、店舗と取引先を彼女に買ってもらえないかともちかけてきた。

「博人さんが回収してくれたお金がなかったら、一生に一度の大ばくちも打てなかったと思うんです。彼とわたしが生まれた街外れの長屋には、親に捨てられたような子供たちがごろごろしていました。あの子たちにひとつひとつ渡すつもりでご飯を握ろうと思ったんです」

そして今は、すすきのに専門店を出す女社長だ。

母のまち子はパトロンを失い裸同然のところをヒロトに拾われてこの街に流れてきたが、この女は裸で街を出たのだった。莉菜はにぎりめしを包んでいるラップフィルムを剝がし、ひとくちかじった。磯のにおいがいっそうきつくなる。

「おいしいです」

「よかった。時勢によって採算が合わないときもあるんですけれど、海苔の品質だけは落とさないようにしてるんです」

始発列車は朝の七時発だった。早朝に起きて飯を握ったのだと気づいて、莉菜は頭を下げた。入り江を眺めるついでのように母親の連れ子であると告げたが、彼女は別段驚きもしなかった。

「血の繋がりなんてものは、実際のところあんまり意味を持たないような気がしてるんです。博人さんに最後に会ったのは街を出て行く日でしたけれど、そのとき言われた言葉は今でもわたしの支えなんですよ」

――自分を産んだのは自分じゃないかと思うことがある。

ああ、と莉菜は目を伏せた。人を陥れるとき、血で手を汚すとき、泣いている人間を蹴り上げるとき、憐れみのない言葉を放つとき、自分も同じような心もちであった。いままでおおよそ言語化の叶わなかった心情を、この女は軽々と口にしてしまう。それも、影山博人の言葉としてだ。

ふと、自分を産んだのは自分と言う男が遺した息子はどんな一生を送るのかを考えた。穿った女の孔から這い出て、彼もまた同じことを思うのではないか――

あぁ、もう少し生きていなければ。

莉菜は、自分にはまだ敵《かな》わぬものがあるらしいと気づきほっとした。最後のひとくちを飲み込む際、弥伊知と目が合った。珍しく莉菜のほうが先に視線を外した。

どこかほかに行きたい場所はないか、と訊ねてみる。彼女は首を横に振った。生まれた場所も、夫と住んだ街も、別段見たくはないという。そして涼しい笑顔を見せた。

「駅まで、送っていただけますか」

一時過ぎの列車で札幌に帰るという。腕の時計を見た。駅に送って、弁当を持たせる時間くらいはありそうだ。弥伊知が後部座席のドアを開け、彼女を車に乗せる。莉菜は墓石に一度手を合わせた。

自分を産んだのが自分とわかれば、この汚れた手はもう少し働かねばならないのだろう。女のワルには、できないことがない、と言った父の言葉を信じるしかないのだ。

駅に着いた莉菜は、秋刀魚寿司と珍味の袋を買い求めた。続けて土産屋のししゃもパイや街の名が付いたまんじゅうを手当たり次第レジに積み上げる。背後から弥伊知が「重くて持てませんよ」と囁くまで、自分が何をしようとしているのかにも気づかなかった。

マチの広い紙袋にひとつ分の釧路土産を、改札の前で田所圭に渡す。受け取って莉菜を見上げた彼女の瞳に、潔い光を見た。やって来たときと同じく、深々と頭を下げる。莉菜さん、と彼女が微笑んだ。

「わたしがこの街を出て行くとき、博人さんも今の莉菜さんと同じ目をしてました。あなたたち、本当によく似ている。今日わたしは、莉菜さんに会いに来たのかもしれませんね」

ヒロトをよく識るひとに会うのは、死んだ人間と再び別れることに似ていた。どう名付けていいものかわからない、新しい感情が内側に満ちてくる。この先何度血で手を汚すか想像もつかないが、その度に自分は田所圭を思い出すのだろう。

思い出し、許しを請う――

二日後、街に初雪のニュースが流れた。まち子が「書き入れどきだよ」と勇んだ電話を掛けて寄こした。莉菜は先日の手紙の主が墓参りにやって来たことを短く告げた。面倒な女ではなかったかと問われ、莉菜にしては珍しく即答できなかった。

「面倒っていうほどじゃないよ」

「どっちにしても、あたしは構ってらんないの。お前、頼んだよ」

まち子が、今夜は久しぶりに一緒に寿司でも食べようと言う。

「新しい店の相談もあるんだ。たまにはつき合いな。弥伊知のところの妹も一緒にさ」

場所と時間を決めて、電話を切った。

「弥伊知、今夜は支静加《しずか》も一緒に連れて来いって。まち子さんのご命令だよ」

運転席の弥伊知をからかってみる。「承知しました」と即答されて舌打ちをする。

「おまえ、面白くない男だねえ」

「恐縮です」

今夜まち子に田所圭のことを訊ねられたときは、驚くほど嫌な婆さんだったと伝えることにした。ヒロトも自分も、彼女もまた、誰かの望むかたちで存在しているのがいいだろう。自分で産んだ自分とは、考えてみれば立派な虚構だ。それは彼女にとって、生まれ故郷の変わらぬ景色と同じものではないか。莉菜はパズルの答えをひとつ解いたような気分で、車の窓に現れた河口の景色を眺めた。

波の一枚一枚が、太陽に照らされまぶしく光る。晴れた日で、良かった。

乾燥果実

足下の痰唾《たんつば》や犬の糞を踏まぬよう、用心しながら薄暗い路地をゆく。

莉菜の背後では弥伊知が四方《しほう》に目を光らせている。路地を覆う屋根は晴れた空を遮り、集まってくる九月の風はテレビに映る残暑とは遠い。

駅の北側に残る酒場ではほとんどの店が営業をやめていた。誰の持ち物かも不明な建物に、素性のわからぬ人間が数人残っているという。いずれ立ち退きと建物の撤去へ、と囁かれながら結局数十年放置されたままになっている場所だ。

「弥伊知、いつ分かったの？」

「わたくしに連絡が入りましたのは昨日です。数日前、線路脇で死んでいるのをＪＲ職員が発見したそうです」

「お前に連絡を寄こしたのは誰なの」

ためらう風もなく「影山博人です」という答えが返ってきた。

「そう。あの男、最期まで一緒にいられて良かったじゃないの」

莉菜が黙れば弥伊知も黙る。アルコールとアンモニアと苔《こけ》と下水のにおいが混じり合う小路に、どこからか歌声が流れてきた。聴いたことはあるが、曲名までは分からない。分からないままにしておける無精を弥伊知がときどき、からかいなのか本気なのか分からぬ口調で「投手は肩を取っておかねばならないと申しますし」と言う。そうしたとき莉菜の不機嫌は部下への褒美に変わった。

行き先は路地の突き当たりから手前二軒目のスナック「みき」だ。一歩ずつ、近づくほどに歌声がはっきりしてくる。

「弥伊知、この曲なんていったかな」

「『水に流して』、エディット・ピアフです」

「ああ、そう。ありがとう」

まったくこの男は。普段余計なことを言わないのはいいが、莉菜が訊ねるまでその知識を漏らさないのが癪に障る。過剰に無口な弥伊知が先回りするときはまぎれもなく非常事態なのだが、用心棒にしては心根《こころね》が少し柔らかすぎはしないか。

歌声に含まれた自信と諦め、視線の着地点がひどく遠く感じられた。ピアフの歌声は「みき」のあるモルタルの建物から流れていた。

「あの女、やっと死ねたっていうのに、葬送の曲が『水に流して』か」

「故人のために、彼が選んだ曲のようです」

莉菜は立ち止まり、この十年間岸田美樹《きしだみき》の店に住み着いていたという男を思い出す。腹だけが妙に膨れ、上背があるものだから猫背も加わりだらしない体つきだった。顔立ちは彼の生きた半世紀を想像できるくらいの荒《すさ》みかただったが、あれから十年経っている。莉菜にとっては、ふたりともまだ生きていたということが驚きだった。

朝、さほど言いづらそうな様子も見せず、弥伊知が「待っているそうです」というので渋々承知したものの、莉菜が焼香を済ませるまで遺体を焼かずにおくというのもなにやら気が重い。

「ねぇ、なぜあたしがあの女の弔問に来なけりゃいけないのか、教えてちょうだい」

「それは、彼に直接お訊ねになってはいかがでしょうか。話題のないのもお困りでしょう。遺体が少しでも保つよう、昨日うちの者が処理を済ませてあります」

「手回しのいいことだ」

弥伊知が一緒に暮らすのは腹違いの妹だが、彼女は遺体保存の技術を持っている。生きている人間がいちばんたちが悪いのです、と微笑みながら話す女だ。主の命を守れなかったことで自らを戒《いまし》めながら生きる男の妹が、遺体の扱いに長《た》けているというのもなにやら因縁めいておかしい。

鼻からひとつ息を吐いた。弥伊知が「みき」のドアを開ける。店の中から、路地裏より更に饐《す》えたにおいが漂ってくる。歌声も大きくなった。

息を止め、店内に一歩足を踏み入れる。カウンター六席のスナックだった。カラオケもない、ビールサーバーもない、テレビもない。酒棚にあるのは安い焼酎の瓶ばかりで、客がキープしているボトルもなさそうだ。一見、ここで本当に商売が出来ていたのかどうかもわからぬほど荒れている。

カウンターの奥からゆらりと、自称「影山博人」が現れた。十年前の半分かと思うほど痩せており、顔も首も、皮膚という皮膚が下へ向かって流れている。健康的に痩せたとは言いがたい体を重そうに前に倒し、男は気管の内側がすべて擦り傷を負ったような声で言った。

「お忙しいところ、お呼び立てして申しわけありません」

弥伊知が「お連れしました」と一歩前へ出る。男はまだ、深々と頭を下げていた。

このあたりは二階建てのモルタル造り、同じ建物で数軒のスナックが看板をあげており、店の奥が居住空間だ。もとの店主が連れ合いを替えたり持ち主が替わったりしているうちに、客もいったい誰の店だったのかを忘れる。

莉菜は義父影山博人の死後、母のまち子とふたりでこの街の繁華街を治めてきたが、駅裏の飲食店については手をつけていない。線路が街に引いた境界線は、それぞれの稼ぎ場所を分け、客を分けていた。分けていないのは空だけだ。

通されたのは陽の入らない六畳間だった。それ以上は閉まらないのか、台形状に開いたふすまの奥は更に暗い。風通しの悪い住まいには、合板に釘を打っただけの背の低い棚があり、食器やアルミの鍋、片割れだけの姫達磨《ひめだるま》や埃《ほこり》を被った陶器の招き猫が並んでいた。空いたワンカップに四方に開ききった歯ブラシが一本立てられている。女はもうずいぶんと長く、歯も磨かないまま伏せっていたらしい。

歌声は、盛られた白い飯の横にあるラジカセから流れていた。テープに何度も録音してあるのか、終わっても次の曲はまた「水に流して」だ。男が音量を下げた。

枕元で細い煙を上げている線香と蠟燭《ろうそく》の青白い炎がなければ、弔いの席だとは気づけない。白い布で覆った顔や薄い布団の下にある体も、あまりに細くちいさく、それが大人の人間だったことを想像するのも難しかった。

白い布に覆われた顔を挟んで、自称「影山博人」と向かい合った。莉菜は手を合わせたあと上着のポケットから香典袋を取り出し、枕の横に置いた。

「ありがとうございます。こいつもお嬢さんにお越しいただいて、迷うことなくあの世に行けると思います」

男は莉菜が生前にやって来なかったことを責めるでもない口調で言った。彼が持ち上げた白い布の下には、骸骨に薄い皮を張ったような死に顔がある。笑っても泣いてもいない。眉を描きうすく紅をひいてあるものの、どことなく安いプラスチック製品を思わせる亡骸《なきがら》だ。

内側に最近まで命が在ったことが不思議なほど、彼女は干からびていた。かける言葉も見つからず、弥伊知から得た情報を口にする。

「線路脇で発見されたって聞きましたが」

「死にそうになったらそのあたりに置いてくれと、本人から頼まれていましたんで」

こんな姿になるまで意識があったことに驚きながら、女には女の決めた死に方があったのかもしれぬと腑に落とす。男のかすれ声が続いた。

「一か月前まで、店には立っていたんです。まぁ、立っていたといっても、客なんぞ来たりはしませんでしたけど。店を開けていないと、お嬢さんがやってきたときに合わせる顔がないからということでした」

そんな話は聞いたこともなかった。自分で死に方を決められる女は、物語を作るのが上手いらしい。岸田美樹は莉菜が娘となったとき既に「影山博人の情婦」を自称しながら生活をしていた女だった。影山が可愛がっている女となれば、その力を必要とする人間が近づいてくる。当然、嘘が明らかになるとゴミのように捨てられる。何十年もそんな生活を続けて来られたことも小路が抱えた人の好さ、あるいは地域によってぷっつりと途切れた人脈のなせる技なのだろう。

岸田美樹は自称「影山博人の情婦」であると同時に「影山莉菜の本当の母親」も名乗っていた。死後に聞こえてきた噂で、おかしみも手伝って一度「みき」に足を運んだことが良かったのか悪かったのか。

十年前、「みき」のカウンターにいた彼女は、莉菜の顔を知っていた。

莉菜さんでしょう？　影山莉菜さん。

否定も肯定もしなかった。いつか影山莉菜が会いに来ると信じている女の存在がどうやら本当だったらしいことと、皺を埋める化粧の濃さにいっとき吹き出しそうになりながら、小一時間女の昔話につきあったのだった。

影山博人と知り合った三十代のころ、彼女は柿沼《かきぬま》美樹という名だった。夫は市内に何軒かビルを持つ不動産会社の息子で専務だったが、妻が博人に漏らした情報によって会社はずいぶんと大きな負債を背負った。美樹と離縁して新しい妻を娶《めと》ったものの、商いは傾いてゆくばかりでその名の付いたビルは一軒もなくなり、いまは一族がどこにいるのかもわからない。影山家が潰してきたいくつもの会社と人間たちはそのまま恨みのかたちとして残り、なんの力も持たずときおり霧のように街を漂っている。

「そんなこととは知らず、結局あれきりになってしまいました」

十年前に「みき」にやってきたとき、彼女が紹介したのが目の前の男だった。

――このひとも影山博人っていうの、よく似てるわと思って面倒みてるんですよ。

実物とは似ても似つかぬ男を博人と呼びながら暮らした女の半生を思い浮かべる。分かりたくもない現実と、女の胸奥の薄暗さに引きずられそうになる。疑わないことは、ときどき人に妙なつよさを与えるものなのだと、滑稽さが服を着ているような女を前にすると納得できた。

亡骸を見れば、患《わずら》いは確かなことだった。病院にも行かず保護も受けず、誰にも相談せず、十年そばに置いた男に死期を悟った彼女が頼んだことは、線路脇に転がしておいてくれということだった。

男のかすれ声が女の物語の結末を伝えてくる。莉菜は部屋に充満する線香のにおいとピアフが歌い続ける「水に流して」を、胸に吸い込んだり腹に溜めたりしながら岸田美樹の最期を耳に入れる。

「俺は、この店に居着いたときから何度も言ったんです。自分は影山博人じゃないって。けどあいつは博人だと言ってきかなかった。飯と泊まるところにありつけてるんだからいいかと思って、ずっと博人のまま暮らしてきました」

けれど、と男は更に声をかすれさせながら言うのだった。

「十年以上も影山博人として暮らしているうち、俺は自分が誰だったのかわからなくなりました。本当の影山さんは亡くなっているってことも、こいつの頭が酒でおかしくなっていることも知っていたんです。だけどこの女、頭がおかしくなればなるほど影山さんと一緒にいたときの記憶がはっきりしてくるらしくて」

岸田美樹は最期のときまで、男に博人でいることを望んだ。まだ若かった日、あれだけ自分から何もかもを奪ったのだから、死ぬまで女として大切にするようにと言ってきかなかったという。

「枯れ草みたいになったこいつの体をずっと触り続けることも、いままで面倒みてもらったんだから、俺みたいな半端者にとっては仕方のないことだと思ってました」

男はそう言って両手で目を覆う。莉菜の奥歯に軽く力が入った。男の両手には小指がなかった。ピアフはまだ歌っている、水に流して――

美樹がこの男を博人に仕立てて生きた十年の理由を、この男は知らないのだった。なにも知らずに過ごした時間を、単に自分が影山博人に似ているからだと信じている。馬鹿者がと口に出したくなるところをこらえているうち、ふたりの過ごした時間を想像し、なにやら笑い出したくもなるのだった。

「あなたのことを自分の娘だと思い込んでいることについて、いちいち叱り飛ばすこともしなくなりました。誰の口から耳に届くか分からないけども、そのうち本人が怒鳴り込んできてすべて終わりになるだろうと高をくくってたんです」

しかし十年前、弥伊知を伴ってふらりと「みき」に現れた莉菜は岸田美樹の話を面白そうに聞いては相づちを打っていた。男は自分がまだ影山博人でいられることに安堵し、いましばらくの居場所を得た。

三十分も座っていると、すねのあたりが痒《かゆ》くなってきた。湿った薄い敷物の下は、この建物が建ったときから変わらない畳だろう。莉菜は膝に置いた手を軽く開き、弥伊知に合図を送る。一拍置いて、暇《いとま》の挨拶となった。

「ありがとうございました。明日、こいつを焼き場に持って行きます」

男は亡骸にめり込みそうなくらい頭を下げると、そのまま背中を震わせ始めた。莉菜は立ち上がり、弔いの席を後にした。

店の外に出て、一歩進むたびに歌声が遠くなっていった。通りに出ると呼吸が楽になる。路肩に停めた車に乗り込む際、莉菜は小路を振り向き見た。時間を止めているのはあの女ではなく、自分の方ではないかという錯覚が起こる。言葉にならぬおかしみの核心に嫉妬がないよう祈った。

ひと雨ずつ気温が下がり、十月半ばの街はもう初雪を待つばかりとなった。莉菜は雑居ビルの一階にある寿司屋に入った。まち子は既に着いているといい、女将が奥の個室へと案内した。ふすまを開けると、まち子が端の座椅子に背中をあずけていた。母の前には透明なクーラーに立てられた白ワインのボトルがある。

一緒に寿司をつまむのは何か月ぶりだろう。夏期休暇で帰省した武博を挟んで以来だ。肌寒い夏のひととき、ますます父親に似てくる少年を見ていると、自分も幼い頃から人生をやり直しているような気分になり、ひとときうかれた。

「まち子さん、お招きありがとう」

「あんたはいつも忙しそうだから。こっちも多少は遠慮してるんだよ」

まち子の憎まれ口を聞くとほっとする。母の仕事が、莉菜が思い煩うようなことを抱えずに、商売も多少は潤っていることがわかる。

「で、今日の呼び出しはいったいどんな用件なの」

「まあ、話の前に一杯やりなさいよ。なにを飲んだって酔うってことはないだろうけど、それだとこっちも話しづらいじゃない」

おや、と首を傾げるとまち子が「ふん」と鼻を鳴らした。

「ワインという気分ではないので、あたしはこっちで」

女将が運んできた地酒を冷やで一杯飲み干したところで、刺身の皿も空いた。まち子が低い声で言った。

「駅裏のアレ、死んだって聞いた。あんたが埋葬したってことになってるけど、本当なの」

「死んだのは本当。あたしは葬儀には一切関わりなし」

「なんだ。たいそう肩入れして、泣きながら骨を拾ったってのは嘘かい」

「誰が作った話か知らないけど、鬼のまち子様がそんなことであたしをお呼び出しですか」

まち子の鼻先へ、顔中の皺が寄ってゆく。鬼と言われるのが何より好きなことを知っていて取った機嫌だったが、これが思いのほか効いた。

「まぁ、そんなこたぁないと思っていたけどさ。あんたはあたしの骨だって泣きながら拾うような奴じゃない。ヒロトが唯一自分の後継者と見込んだ極悪非道だからね」

影山博人が娘の莉菜を認めていたかどうかは、もう知る術はない。人間を生かしたり殺したり、金をくれてやったり奪ったり。そのときどきで、彼が生きていればためらいなくやったであろうと信じ、すべてを迅速に遂行してきた。

「まち子さんの骨を拾えるくらい長生きしたいもんですね」

まち子の皺が溝を浅くした。莉菜は女将を呼んで冷やをもう一杯注文した。相変わらず日本酒の旨さはわからない。まち子はすいすいと水みたいにワインを飲む。もう少し機嫌を取らねば、量が増えて介抱が面倒だ。

「善人ヅラした弥伊知に、駅裏に連れて行かれたのは本当。弔問に行くからには多少包んだ。数日前まで生きていたことが嘘と思うくらいの死に顔でした。もう、あの場所に影山博人の情婦を名乗る女はいませんよ。けど、そもそもまち子さんの気持ちをささくれさせるほどの存在じゃあなかったでしょう」

少し酔いが来たのか、まち子がすねた顔をして刺身のつまを一本一本口に運び始めた。

「そうでもなかったよ」

莉菜は耳を疑いながら、しかし顔には出さずに母の言葉を待った。

「あたしはずっと、ヒロトがなんであたしなんかを嫁に選んだのか不思議だったのさ。死ぬ前も死んだあとも、ヒロトにまつわる女の話はゲップが出るほど出てきたけど、あたしが潰しきれなかったのはあの女ひとりだった。いっぺんこっそり見に行ったことがある。あれはあたしが痛めつけるだけのものなんか、なぁんも持たない女だった」

「鬼のまち子さんの言葉とも思えませんね」

「鬼だって相手を選ぶんだよ」

岸田美樹がなにも持たない女だったことがまち子の嫉妬を煽《あお》るのだとしたら――母はまだ夫の死を信じてはいないのかもしれない。どちらも哀れなことだと、ひとつため息を吐いた。

まち子が吐き捨てるように言った。

「お前も、あの女を見てみたかったんだろう」

まち子は影山博人が莉菜にとって、父ではなく男であったことに気づいているのだった。死んでなお女たちはひとりの男を奪い合う。死にきれないという言葉が意味を変えて、自分たちのためにあるような気がしてきた。

「まち子さん、今日はずいぶんと荒れてる。もしかしてそのワイン安かったんじゃないの」

まち子がラベルを見て「そうかな」とつぶやいた。莉菜は母の女心が透けて見えたような気がして「もう少し高いのを飲みなさいよ」と笑った。ワインを二本空けて寿司をふたつ三つつまみ、さてお開きとなるころ、まち子がぽつりと言った。

「あたしはさ、これでも女稼業はいろいろやって来たし、本妻と愛人、両方の気持ちがわかるんだ。両方わかるってことはさ、どっちにも共感出来ないってことなんだよね」

莉菜は母の言葉に静かに頷いた。そのどちらにも身を置いたことのない自分の内側が、もう蒸発する何ものも持たない乾燥果実に思えてくる。流す涙もなく心を湿らせることもない、乾ききった果実は誰に求められることもない。これが莉菜に与えられた生き方だった。

「まち子さん、飲み過ぎ。車で弥伊知が待ってる。送りますよ」

店を出ると小路の女の死に顔が過《よ》ぎった。本妻でも妾《めかけ》でも——あの女はそのどちらにもならず命を燃やしきったのだった。


年の暮れ、薄く積もった雪が氷に変わった。元道議が心臓の痛みを訴えて入院したという連絡が入った。このまま一年保たれると厄介なことになると思っていた矢先のことで、これ幸いと患者が個人的に雇っている秘書にまとまった金を渡してきたところだった。

「頃合いをみて大きなセレモニーを披《ひら》きましょう」という莉菜の言葉の意味をすぐに理解した女は、こちらが拍子抜けするほどあっさりと金を受け取った。

国道を進みながら、弥伊知が「影山博人」から再び連絡があったことを告げた。

「骨を引き取って欲しいそうです」

「なんの理由があって、あたしが骨の面倒までみなけりゃいけないんだ。弥伊知、うちはいつから寺になったんだ」

「せめてあの世では本物と一緒になれるようにと。中に入れてくれとは言わないそうです。

出来たら墓のそばに捨てて欲しいと、そんなことを言っていました」

「馬鹿馬鹿しい。ふざけるのもいい加減にして。そんなことをして、これ以上まち子さんに悪態つかれるのはご免だ」

上着のポケットから無色のリップクリームを取り出した。冬場の乾燥に耐えられない唇の皺が一本裂けている。おおよそ人間らしい痛みなど感じないまま生きている体が、乾燥ひとつで簡単に血を流すとは情けないことだった。

影山家の墓のそばに骨を捨てたところで、あの世で再会出来るわけもない。あの世を信じていたらお互い身が持たないだろうと水を向けると、弥伊知はバックミラーで後方を確認するふりをした。

「弥伊知、お前なんでそんなにあの男に肩入れする。放っておけばのたれ死んでくれるじゃないか。こっちの手を煩わせずに、なんの面倒も起こさず、誰に頼まなくても勝手に死んでくれる人間はありがたいばかりだろう。お前もさっきの議員先生を見たろう。無事に死ぬためにもうひと押し人を煩わせるのは、まだ欲の皮が突っ張っているからだ。もう何も欲しくない人間は、あたしたちを必要となんかしてないんだよ」

喋るたびにいちいち唇が痛む。弥伊知は莉菜を刺激しないよう、いっそう運転をなめらかにする。莉菜はシートに背中をあずけ、窓の外を見た。沿道の枯芝に、うっすらと雪が残っている。空は気味が悪いほど深い水色だ。この街の冬は、何度通り過ぎても慣れるということがない。近年はこの青い空のせいだろうと思うようにしている。健やかそうに見せて気まぐれな雪のひと粒まで光らせてはいるが、これはひとを寄せ付けない青だ。

曇天《どんてん》が蓋をしていてくれれば、この街から出たいなどと思わなくて済むことに気づいて、莉菜は乾燥した唇を噛んだ。

「あの男、まだあそこに居るの？」

「そう聞いております」

「わかった。駅裏に行ってちょうだい」

承知しました、の声とともに左折のウィンカーが上がる。ブラックアイスバーンをやり過ごし、十分後には小路の見えるところへと車を着けた。

莉菜の顔を見たときの男の内側に、なにかぽっと灯るものが感じられた。男は秋に見たときよりも元気を取り戻しているようだった。世話になった女を葬り終えて、自身に流れた長い時間もついでに弔った風だ。

あの日亡骸のあった場所に通され、今日はウレタンの座布団が二枚出てきた。仏壇らしきものもなく、線香のにおいもしなかった。ピアフの歌声も流れてこない。

「どうもすんません。また図々しく電話なんぞ掛けちまって」

前回と、男の口調が変わっていることに気づいた。影山博人ではなくなって、本来の図々しさが漏れ出てきたらしい。女を亡くしたかなしみも薄れたのか、かすれ声もいくぶん聞きやすかった。

「骨を引き取れというのは、どういうことなの」

男は四本しかない指で耳の後ろを掻きながら「はぁ」と言葉を選んでいる。

「うちとはなんの縁も関わりもないことは、よくご存じじゃあなかったの」

男はまた「はぁ」と言ったきり黙る。

莉菜は両脚のすねが痒くなる前に立ち上がると決めて、ぐるりと部屋を見回した。家賃を払える能力もなく、支払い先さえもわからなくなった住まいが、いま目の前でかろうじて息をしている男の棺桶だった。

「いくらなの」

男は莉菜の言葉の意味をすぐに理解したらしく、ひらいた手のひらを見せてそこに人差し指を足して「すんません」と頭を上下させた。

「このくらいあれば、しばらく助かります」

五万円の無心をするのにも、男の指は足りなかった。

まっとうに憧れて切り落とした指とは、一本の価値が天と地ほども違う。この男を博人と呼んだ女も、呼ばれ続けた男も、まがい物にも届かぬ粗悪品だ。莉菜は、手のひらがこれほど広いものだと思ったことがなかった。端の指しか見なければ似てもいようが、全体を目にすれば紛れもなく半端な過去が浮かび上がってくる。男には目先にあった空っぽの巣しか見えず、女には男が切り落とした指しか見えなかった。それだけだ。

膝を軽く叩いて合図を送る。弥伊知が懐から財布を取り出し、莉菜に渡した。手の切れそうな新札を十枚抜く。余興代わりに、言い値の倍で骨を買った。

すんなりと出てきた金に、言い出した男の喉仏が忙しく上下する。いいんですか、と問われ頷く。莉菜は「骨代」と言ったあと言葉を切った。男は受け取った金をふたつに折り、ズボンのポケットにねじ込んだ。莉菜は、卑屈そうな瞳に向かって吐く、この場で考え得るいちばんひどい言葉を探し続けた。

「お前、その指はなんで落とす羽目になったんだ」

男はひょいと両手を広げて「へへっ」と笑うと、親指と人差し指で輪を作った。

「ずいぶんと若いころに、これと、あっちの方でちょっとヘマやって」

女を示す小指は右手にも左手にもない。腹の底から笑いが満ちてくるのがわかる。なにも持たない女となにも持てない男か。声に出さずつぶやくともう、笑いを堪《こら》えることが出来なくなった。

ああこんな――こんな大声で笑ったのはいつ以来だろう。笑いながら、遠い記憶のやわらかい場所を探し、更に腹から声が響いてくる。

「お前の、本当の名前を教えて」

引きつる腹筋をなだめながら、やっとの思いで声に出した。男はいったい何に照れているのか分からぬ様子で「佐田《さだ》貞夫《さだお》」と答えた。

「お前がいつか西港に浮いたときに、新聞に名前が載っても分からないのではつまらない。サダサダオ、か。わかった、ありがとう」

莉菜は白い風呂敷に包まれた骨壺を受け取り小路を出た。骨はそのまま岸田美樹の一生の重さとなって莉菜の手に提《さ》げられた。足下の氷を除《よ》けて通りへと出る。代わりに風呂敷を持とうと手を伸ばした弥伊知に気づかぬふりをして、車に乗り込んだ。

運転席に向かって松浦酒店に寄るよう指示する。笑いはもう、どこからも湧いて来なかった。莉菜の内側に、また刺すような風が吹き始める。名の付かぬ感情とつきあったせいかひどく疲れた。

酒屋の店頭には、ワインコーナーが出来ていた。道産の辛口ワインを手にする。紫色のラベルにふと、胸奥に吹く風が止んだ。

「おつまみ、何がいいかな。教えて」

女将はふくよかな頬に優しさを溜めて「これなんかどうですか」とドライフルーツのかごを持ち上げた。

「房付きの干しぶどうも人気が出てきました。珍しさも手伝ってますね」

「まち子さんも、食べるだろうか」

お好きみたいですよ、という言葉に安心してふた房買い求めた。容器の表示を見ると「乾燥果実」と書いてある。その四文字が目に焼き付いて、店を出ても車に戻っても、しばらくのあいだ「乾燥果実」とつぶやいていた。

「弥伊知、橋の下に行って」

ゆるやかに切られたハンドルが、莉菜の体をシートに沈める。

サダサダオは、これからも小路から出て行かぬつもりだろうか。死ねばこれ幸いと次の住人が住み着くような場所で、巻きかたを間違った貝みたいに右も左も考えずに干からびてゆく姿を想像する。打ち上げられた浜辺で絶えてゆく巻き貝は、莉菜も同じなのだろう。今日の飯と明日の酒に困らぬというだけの違いしかないように思われ、その露悪的な心持ちにうんざりする。

後部座席の窓に流れてゆく街は、好天を楽しんででもいるようだ。夏には滅多に見ることのない深い青に、川面も波の鱗を光らせる。河口に跳ねる波の行方を見た。この時間、川は海に向かって流れているようだ。

弥伊知が船着き場の岸壁に車を着ける。日当たりのよい場所では羊色の枯芝が道をあけていた。風呂敷包みを片手に提げて岸壁の縁に立つ。こんなときだけ風が止む皮肉は、街の顔そのもの、影山莉菜の姿そのままだった。

勢いをつけて一度前後に振ったあと、二度目で風呂敷包みを空に向かい放った。陽の光にきらめき、包みがゆっくりと放物線を描きながら水面めがけて落ちてゆく。やがて、なにもなくなった。

「みき」の奥の間で息絶えれば、男に負担をかけるとでも思ったか。それとも、死ねば弔いもせずに捨てられると考えたか。どちらにしても馬鹿な女だ。

縁など金で買える――唇を真横に伸ばした。ぴりりとまた傷口が裂けた。舌打ちしながらも、気分はどこか軽やかだ。

車に戻ると、弥伊知が暖房を強めにして待っていた。日常に戻ってゆくには少し天気が良すぎる。今日はこのワインをまち子に届けて、日々に積み重なったねぎらいの言葉をかけることにした。

「わかったよ、弥伊知」

弥伊知が首を四十五度左に向けて「はい」と頷いた。少しいびつになった左耳はボクサー時代の名残だ。

河口を離れるごとに楽になってゆくのがわかる。このぶんならしっかり忘れられるだろう。

「あたしはやっぱり、人間でも女でもないんだよ」

莉菜のつぶやきが聞こえたか聞こえなかったか。信号待ちを終えたころ、弥伊知が再び「はい」と返した。

乾燥果実――体から流れ出るなにもかもを失ったあとの、それが自分の完成形なのだった。

それにしても痛い。莉菜はポケットを探り、リップクリームを取り出した。

はじまりの月

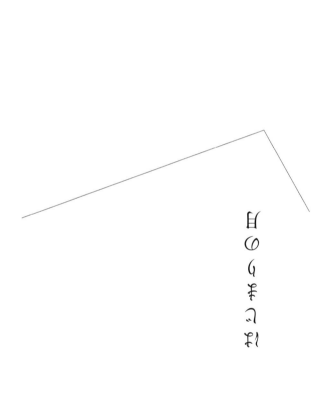

「地下鉄駅@ブダペスト」©大高郁

◆発売日、定価は変更になる場合があります。
表示した価格は定価です。消費税は含まれています。

●嫌われたっていいじゃねえか 勝ちさえすれば——

嫌われた監督 落合博満は中日をどう変えたのか

鈴木忠平

中日監督時代の8年間、落合博満は勝ち続けながらもなぜ嫌われたのか。孤高にして異端の将の影響で人生を激変させた男たちの物語

◆9月24日 四六判 上製カバー装 2090円 391441-1

●暴力を煽動するカルトに潜入せよ。新シリーズ第二弾

魔の山

ジェフリー・ディーヴァー 池田真紀子訳

ヘイトクライムの犯人を捕らえた流浪の名探偵ショウは、背後に自己啓発カルトがあるとにらんで潜入するが…。好評新シリーズ第二弾

◆9月24日 四六判 上製カバー装 2750円 391440-4

●『燃えよ剣』司馬遼太郎×『墨攻』森秀樹！

新選組血風録（三）

原作 司馬遼太郎 作画 森 秀樹

ついに最終巻。「誠」の旗印に参集した剣士たちの運命は——。「池田屋異聞」「胡沙笛を吹く武士」「油小路の決闘」を収録

◆9月15日 B6判 並製カバー装 990円 090107-0

●〝ファッション〟な人にはご注意を！

ファッション!! 1

はるな檸檬

『ダルちゃん』『ZUCCA×ZUCA』のはるな檸檬、最新作。ファッション業界の「見せかけの人達」を描くヒューマンドラマ

◆9月22日 A5判 並製カバー装 990円 090108-7

●不倫の果てに転落していくアラサー女子の運命は

悪いのはあなたです 1

ふせでぃ

経済力のない彼氏と同棲、日々を流れるままに送るリコ。ある日、ひょんなことから一夜を共にしたイケメン（既婚）は、盗撮魔で…

◆9月30日 A5判 並製カバー装 1045円 090109-4

月の新刊〉

売

容疑者は善良な市民たち！

沈黙のパレード

東野圭吾

891円 791745-6

10代読者熱狂！ 耽美にして豪快な冒険譚

熱帯

森見登美彦

1034円 791746-3

愛したはずの夫は、 まったくの別人だった——

ある男

902円 791747-0

バスで迷い込んだのは奇妙な「異世界」だった

30センチの冒険

三崎亜記

1001円 791752-4

極めて残忍な差別の、未だ恐るべき凡庸さ。絶筆長編

狩りの時代

津島佑子

902円 791753-1

人気作家が、あの文豪に会いに行く。26人の人生ガイド！

文豪お墓まいり記

山崎ナオコーラ

781円 791754-8

混乱の時代にもたらされる池上さんからのヒント！

「独裁者」の時代を

715円 791755-5

明け方の枕元で携帯電話が震えた。眠りの底からベッドの上まで意識を引き上げる。アナログ表示のデジタル時計が午前四時を指していた。体内時計以外に起こされたので気分が悪い。いったい誰だ。莉菜は携帯電話を手に取った。

武博――

こればかりは別だろう。携帯を耳にあてた。

莉菜、とのんきな声が聞こえてきた。もう寝ていたのかと問われ、あたり前だと返す。

「何かあったの？　どうした、こんな時間に」

「莉菜ならまだ起きてるかと思ったんだよ。ごめん」

「あいにくあたしは健康維持管理が趣味なの。若いころとは違って、昼と夜が逆転したような生活はしないことにしてるんだ」

「若いころって、莉菜いったいいくつなの」

遠慮のない質問が耳に響いた。師走《しわす》もあと数日というときになって、まさか夜明け前に年を訊《たず》ねられるとは思わなかった。

「四十」

「俺の倍以上だ。格好いいね」

高校二年の少年に口説かれるような時間帯ではないだろう。莉菜はベッドから出て、暖房の目盛りを上げた。

「それより、武博はいつから自分のことを俺なんて呼ぶようになったんだ」

電話の向こうから舌打ちが聞こえそうだ。機嫌が悪いのかと問うので当たり前だと答えた。そろそろ高校も冬休みに入るころではなかったか。

「コーヒー淹れる。急ぎの用がないなら昼時にでもまたかけてちょうだい」

昨夜弥伊知に確認した予定は、午後からだったはずだ。年の暮れには飛び込みでさまざまな問題が生じる。どう考えても心安らかに年を越せそうもない人間をどうにか紅白を見られるくらいまで持ち上げる、強心剤《カンフル》の大安売りだ。あと半年生き延びてもらわねばならない会社や人間が、年末も近づくとあぶり出しの絵のように浮かび上がってくる。同時に年を越せない者もはっきりとして、引導を渡すのも莉菜の役目なのだった。さあ切るよ、と言いかけたところへ武博が待ったをかけた。

「コーヒー、二杯淹れてよ」

なにを言っているのか問う前に、マンションのエントランスのロックを開けてくれと言う。

「寒いよ、莉菜。早く開けて」

慌てて部屋番号を告げ、ロックを解除した。

ダウンとアポロキャップ姿で玄関先に現れた武博を見て、時間が歪《ゆが》んだのかと勘違いしそうになった。また背が伸びたようだ。玄関先で一段低いところに立っているにもかかわらず莉菜を見下ろしている。

「おはよう、莉菜」

口元に物怖じしない笑いを浮かべて、父親と同じ角度で首を傾げてみせる。着るものや顔の皮膚から外気の冷たさがこぼれ落ちる。寝間着の上に膝丈の綿入れを着込んでいる莉菜を上から下まで眺めたあと、武博は「意外なファッション」と笑った。

「言っておくけど、ここには弥伊知だってやって来ないんだからね。あたしの部屋に上がり込んだ人間は生きて出られないことになってるんだ」

「いいよ、それでも」

武博がキャップを取り背中のリュックをどさりと床に下ろした。「寒い」を連発しながらリビングの暖房パネルにはりつく。部屋の明かりをつけると完全に目が覚めてしまいそうだ。間接照明ひとつの薄暗がりで、お湯を沸かしコーヒーを淹れた。

「大きい部屋だな。莉菜はこんなところにひとりで住んでたのか」

武博は初めてやってきた部屋を物珍しそうに眺めている。ひとりでいるために必要なものは、ひとりで住むには大きすぎる部屋や三人掛けのソファーや大きなテーブルなのだが、武博の若さにそれを言ってわかるとも思えない。外をゆく車の音も聞こえない。西向きの窓からは夕日が、東側から朝日が見えるリビングは、まだ夜に沈んだままだった。

「冬休みに入ったなら、そう言いなさいよ。あたしに奇襲をかけてる暇なんかないはずだけど」

マグカップをテーブルに置き、武博をソファーに座らせた。ダウンジャケットの前を開け、穿《は》き慣れた風のジーンズとクリーム色のタートルセーター姿だ。ソファーから膝が突き出ており、本人も持て余し気味の長身だとわかる。いつのまにこんなに男臭くなったものか、ついこの間まで少年の顔と声だった気がするのに。

冬休みに入った日に国道を走るトラックに乗せてもらったのだと武博が笑う。鉄路でもバスでもなく、函館からトラックの助手席を繋いでもらって道東までやってきたと聞いて呆れた。

「小遣いを煙草と酒に使っちゃって親のところに帰れないって言ったら、みんな親切にしてくれたよ。今どき珍しい骨のあるガキだって」

「面白かったかい」

「寮にいるよりずっと。俺も卒業したらトラック運転手になろうかなって思った」

莉菜はコーヒーをすすり「いいね、それも」と返した。暖房の設定温度を少し上げて、夜明け前の冷えをやり過ごす。

「そのときは、武博のトラックであたしを旅にでも連れてってちょうだいよ」

にやりと笑う目も鼻も口元も、嫌になるほど父親に似てきた。誰も口にはしないけれど、武博の仕草や顔立ちを見れば誰もが思い浮かべるのは影山博人だろう。

武博の視線が莉菜の背後へと移った。どうかしたかと訊ねると「いや」と一度目を逸《そ》らし、しかしすぐに莉菜のほうへと戻した。

「その大きなパネルの男、誰なの」

「これはあたしの父親。昔パリで撮った」

なぜそんなに大きく引き伸ばして飾っているのかと問うので、遺影なのだと答える。

「あたしがまだ駆け出しの写真家だったころ、この一枚で明星グラフの賞をもらった。父はこの写真の前で死んだの。だから、ここに立ってると自分も死んでるような気がして楽になるんだ」

月明かりの下、セーヌ川に架《か》かる橋の上で撮った一枚は、莉菜から父親と写真家の肩書きを奪った。あれ以来カメラを構えたことがない。生きている実感も死んでいる安心もないままの日常が、いったいいつまで続くのかを問うとき、莉菜の目には必ずこのヒロトの姿が浮かんだ。

寝室の棚から羽毛布団を一枚引き出し、ソファーの端に置いた。

「これ使って。ひと眠りしたら家に帰りなさい」

「もう三日も風呂に入ってない。ちょっと温まりたいんだけどいいかな」

三日はいただけない。莉菜はすぐに給湯器のスイッチを入れた。

「沸いたらチャイムが鳴るから、適当にどうぞ。タオルもぜんぶ風呂場にある。喉が渇いたら冷蔵庫にペリエ。なんでも好きに使っていいけど、風邪だけはひかないでちょうだい」

武博が「ラジャー」と返し、ちいさく手を振った。

寝室に戻りベッドの端に腰掛けた。莉菜は自分の内臓が少しねじれているのを感じながら、リビングの気配を窺《うかが》っている。マグカップを置く音、リュックのファスナーを引く音、湯が沸いた合図、少年の足音やバスルームのドアの開閉、ひとつひとつをねじれた内臓に響かせる。いつまでも明けない冬の夜が、愛しくなり始めたところで布団に潜り込んだ。

昼近く、ソファーで寝息をたてている武博に「夕方には戻ります。それまで冷蔵庫のものを適当に食べていてください。莉菜」と置き手紙を残して部屋を出た。

マンションの前に停められた車の後部座席に座った途端、珍しく弥伊知がバックミラーではなく莉菜のほうへと顔を向けた。しげしげとこちらを見るので薄気味悪い。どうしたのかと問うた。

「なにかありましたか」

「なにも」

努めて表情を動かさず答えると「そうですか」と車を発進させた。アイスバーンの路面が太陽の下で黒く光る。肌のごわつきも、冬場の乾燥のせいだけではなさそうだ。行き先がどこでも黒のパンツスーツと素顔で現れる莉菜は、歓迎されたり恐れられたり、疎《うと》まれたりしながらその輪郭を作ってきた。ときどき自分の過剰な演技に吹き出しそうになりながら、その場で求められる影山莉菜になる。自分を取り巻くすべての「かたちあるもの」が、影山莉菜のかたちを決める。

その日弥伊知の車が向かった先は、河口近くにあるホテルだった。最上階の会議室で、武博の父松浦雄太と地元秘書にしている甥《おい》が待っている。肉厚の絨毯を踏みながら、弥伊知に訊ねた。

「この年末に、松浦も暇なことだ。いったい何の用だ」

「後継者の件で、相談があるということでした」

莉菜の部屋で眠っている武博を思い浮かべる。その後継者がまさか自分の部屋でひと風呂浴びて寝ているとは言えない。

会議室に入ると、テーブルの上にはすでに仕出し弁当の用意があり、相変わらず余裕のない仕草で松浦雄太が頭を下げる。こちらに対して不満を抱えているのが口元のゆがみですべてばれてしまうのは、この男が最初から政治家の器ではなかったことの証明だ。利用価値がなくなった段階で醜聞を流せば即刻辞職で、面倒を言い出したら葬式が待っている。武博がまだ高校生であるという理由ひとつで生き延びていることを、この男は気づいているのかいないのか。

「お忙しいなかお呼び立てしして申し訳ありません。折り入ってお願いがございまして」

「あなたに呼ばれて、一回でもお願いじゃなかったことなんぞありましたかね」

質がいいとは言えないお茶を喉に流し込み口を開くと、向かい側に座った男たちの表情がつとめて明るく卑屈にゆるんだ。

松浦が、突き出た腹に肩をのせるくらい頭を下げ「おっしゃるとおり」と薄いつむじを見せた。茶番ばかりの会食で、冷えた弁当を口に運ぶ。

「実は、次期の市長選にこの男を出していただけないかと思いまして」

そろそろ四十になるという地元秘書の甥っ子が、頭を上げてまっすぐこちらを見る。松浦が狸《たぬき》ならこちらはリスだった。可愛げだけで年を取ってしまった残念な小動物が、品定めを求めている。

市長になってどうするのかと問うと、リスは愛くるしい目で「叔父の地盤を」と答えた。三年後に市長になったとしても、新人が街に定着するまでには二期必要だ。定着したころにはどういった形にしろ武博を担ぐための神輿《みこし》が上がる。莉菜は甘みも塩気も足りないだし巻き玉子を口に入れて松浦に視線を移した。

「二度手間ですね。いまの市長にはもう二期やってもらう予定じゃなかったんですか。そのあいだに武博を育てるという合意はどうなりました」

武博は腰掛けの働き口も政治に直結したところへ潜り込むことになる。もちろん、父のように道議で終わるわけにはいかない。苦労人だのたたき上げだのといった惹句《じゃっく》から無縁のところで、さっと政界に現れなくてはいけない存在だ。地元は息子こそが本命であるとして、彼がまだ小学校に上がる前から水面下の準備を重ねているのだ。何ごとも、松浦の思いどおりにはさせないことでバランスをとっている。

松浦は「それについては」と少し言いよどみ「できればご一考を」と続けた。

「なかなか大人が敷いたレールにはなじまない子らしくて。正直もっと親の仕事に興味を持ってもいいと思うんですが。監督不行き届きと言いますか、大変申しわけないことに、政治家になるつもりはないと言い張ってまして」

「そんなことは想定のど真ん中ですよ。その程度のことで放り出してたら、誰も息子に赤絨毯なんぞ踏ませることは出来ないでしょうよ」

暗にお前は捨石なのだと言っているのだが、気づかぬところが松浦の図太いところだった。ひとまず、息子の武博がその気になるまでは甥っ子の応援を頼みたいという。返答を避け、松浦の妻について訊ねた。

「酒屋の方は女将がしっかりしているお陰で本店支店どっちも調子がいいじゃないですか」

「あれはまあ、客商売向きの女ですから」

謙遜するふうもなく言ってのける。元気でいるのかと問うと、もちろんですと返ってきた。

「息子を函館にやってからはしばらく元気がなかったんですけれどね、それも五年経つと慣れたようです」

ただ——と松浦が口ごもった。映画とドラマで覚えた演技なのか、顎を出し気味にして宙をにらんでいる。莉菜はその隙にめぼしいおかずを口に入れ、胃もたれしそうな硬い白米を残して松花堂弁当の蓋《ふた》を閉めた。

「ここにきてうちの女房も、武博を政治家にすることについては積極的ではないようなんです。ひとつ、軌道修正ということで影山さんにもご理解いただきつつ、話を進めていけたら幸いと思っております」

あの女将がひとことの相談もなく、馬鹿な夫にそんなことを言うとも思えない。武博を担ぐためならどんなことでもする女がこの世にいるとすれば、女将と莉菜だ。

「初耳ですね。女将がそんなことを言いだしましたか」

「母親ですから、やはり息子には親のしてきた苦労をして欲しくないんでしょうな」

お前がいったい何の苦労をしているのかと訊ねそうになり、冷えた茶で流し込む。リスが席を立って備え付けの電話に向かって急ぐ。次の市長選に名前が出るかどうかという話の途中で、当の本人が内線電話でコーヒーを注文し始めた。

「まあ、そのことについては今後ゆっくり様子を見ながら進めましょう。今日聞いて今日出せるような結論なら、いま父親が道議である必要もないわけでね」

今度ばかりはまっすぐ伝わったのか、松浦の表情がはっきりと不愉快なものになった。会食を終えて莉菜が真っ先に席を立った。松浦が地盤をすべて自分のものだと思っていることがそもそもの間違いなのだと気づくまで、もう少しかかるだろう。時間ならいくらかけてもいい。そのぶん武博が父親とは違う図太さを手に入れる。こちらには勝算がある。

午後三時、車の窓に広がる空はもう夕方の気配だった。東の街は夜明けが早いぶん日が暮れるのも早い。あと一時間もしないうちに薄闇が訪れる。

武博はどうしているだろうか。気にし始めたところで胸ポケットの内側が震えだした。仕事先のふりをして出る。のんきな声が耳に滑り込んでくる。

「莉菜、冷蔵庫のソーセージ勝手に食べてるけど全然足りない。晩飯は一緒に食べよう。いつ帰ってくるの」

「その件に関しましては、また後ほどということで」

「なんだよ、それ」

「ご提案いただいた件については迅速《じんそく》に対処いたしますので、もう少々お時間をいただいてもよろしいでしょうか」

「わかった、お待ち申し上げておくよ」

ふてた言い方に吹き出しそうになりながら通話を終えた。弥伊知がバックミラーで後部座席を窺っている。努めて目を合わさぬようにして、携帯をポケットに戻した。

その日の面会で、無心と哀願を三件追い払ったあと、ようやく解放された。弥伊知が夕食はどちらでと訊ねるので「部屋に帰る」と言いかけ、思いとどまった。

「ちょっと、ザンギ屋に寄って二人前と三人前で包んでもらってくれないか。そのあいだに寿司折を五つ頼む」

無表情の弥伊知も、いよいよおかしいと確信したのか、黙って莉菜の言うとおり注文をした。ほどなく五人前のザンギと寿司が届く。莉菜はザンギ二人前と寿司折ふたつを車の助手席に移した。

「支静加《しずか》によろしく伝えて」

何があっても部屋に人を入れない莉菜が、三人前のザンギと寿司を持って自宅に戻るのだった。マンション手前の信号待ちで、弥伊知が「失礼ですが」と訊ねた。

「お部屋の様子でなにか変わったことはございませんか」

「ない」

「差し出がましいようですが、ご用意された夕食には極端に野菜が少ないように思います。栄養バランスがとれそうなものを、わたくしがみつくろって参りましょうか」

いつもの調子で危うく「頼む」と言いそうになり、慌ててその必要はないと伝えた。

「いや、これは隣の。このあいだちょっと迷惑かけたから」

覚えのない負い目を口にすると、弥伊知はようやく納得したふうで頷いた。普段足音も立てずに暮らしている人間が隣人に迷惑をかけることもないのだが、今回は弥伊知にいいわけが必要なくらいの難題を部屋に抱えているのだった。莉菜はマンションの前に横付けになった車から出ると、さっさとエントランスへと入った。これ以上弥伊知の無表情と付き合っていると、どこからほころびが出るかわからなかった。

エレベーターに乗り込み最上階のボタンを押す。知らず頬がゆるんでくる。揚げ物のにおいが充満した箱の中で、莉菜は無防備な自分を恥じる。

部屋に戻ると、武博はリュックの中身を床に並べ、洗濯機を回していた。その所帯臭さにうんざりしながら武博に訊ねた。

「家にはまだこっちに戻ってること言ってないね。それから、親父とも悶着《もんちゃく》がありそうだ。これを食べてからでいいから、あたしにわかるように説明しな」

武博の鼻に嫌な皺が寄る。明らかな不満顔をしてさえ可愛い。テーブルに寿司折とザンギを置くと、武博はどさりとその場に胡座《あぐら》をかき、包みを解いて食べ始めた。

「旨いよ、莉菜も一緒に食べようよ」

「あたしのことは気にしなくていい」

おおよそ三十分のあいだに武博は三人前の寿司折とザンギを残らず腹に入れた。

「ごちそうさま。美味しかった」

向けられた笑顔に、莉菜は芋焼酎のお湯割りを喉に流し込みながら先ほどと同じ質問をした。武博はもう観念したのか、素直に頷いた。

「お母さんには毎日ちゃんと電話してる。こっちにいることは言ってないけど。今は冬休みの自主補習中ってことになってる。親父については、向こうが先におかしなことを言い始めたんで、相手にしてない」

おかしなこととは何だと問うた。武博はあっさりとした口調で「俺のこと自分の息子じゃないって」と答えた。

「でも俺、けっこうそこんとこドライみたい。じゃあ別に政治家にならなくてもいいんだなって、ちょっと楽になったくらいでさ」

昼間に松浦が言っていたことと武博の態度を重ね合わせ、なるほどと頷いた。

「後を継ぐかどうかは別に問題じゃない。お前が父親を捨てるのならそれも構わない。この世には政治家より旨いもんが溢れてる。けど、つまんない親子の諍《いさか》いでお前が更につまんないやつになるのだけは許せないね」

武博の顔が若者らしく歪んだ。不満そうな口元に、吹き出したい気持ちを堪《こら》える。日中も人がいたせいで、部屋には適度な温度と湿度があった。両方がバランスよく部屋の中を対流している。居心地の良し悪しの理由が見えた気がして、莉菜の頬もゆるんだ。

「まあ、お前はお前を生きるしかないんだから。十七かそこらで世の中を舐めちまうより、今はああだこうだ文句を言いながらでも面倒を乗り越えたほうがいいんだろうさ」

武博が莉菜の背後を見た。どうやら自分はいつも写真の前に立っているらしい。部屋に誰かがいなければ、こんなことにも気づかず時間を流してしまっているのだった。

ねえ、と武博が湿った目で莉菜を見た。

「影山博人って、どんな人だった？」

「ヒロトがどうかしたのか」

「俺、莉菜の留守中ずっとその写真見てた。親父の言うとおり、本当の父親がその人だったら、莉菜と俺って姉弟ってことになるわけ？」

否定と肯定、目の前の少年が欲しがっているのはそんなぬるい答えだろうか。松浦が武博の成長に従いなにがしかの疑念を抱き始めたのは当然だろう。誰が見たって、松浦武博の父は彼ではない。しかしいくら明らかだとはいえ、いまの武博に向かってヒロトの名前を出すのはいただけなかった。ここで自分までつられては、死んだ男が浮かばれない。

グラスのお湯割りが底をついた。台所でもう一杯作ったところで、武博を見た。苛立った少年の目は莉菜に据えられ、見たことのない怒りに満ちている。

「ひとをそんな風に睨《にら》むもんじゃないよ、武博。威嚇《いかく》しようというのならお門違《かどちが》いだ。あたしはお前の姉でも親でも友達でもない。この部屋であたしが不愉快になるような言動は、何があったって許さない。そんな目をするなら、今すぐここから出てってくれないか」

少年の瞳がいくぶん光を失い、肩がほんの少し下がった。外気温が下がってきたのか、ボイラーの音が響き始めた。風呂場の給湯スイッチを入れた。風呂に入っているうちに武博が部屋を出て行ってくれればありがたい。

たっぷり時間をかけて体を洗い、湯あたりしそうなほど湯船に浸かった。なぜこんなことをしているのか問うてみるが、お湯も泡もなにも答えない。どこからも答えが得られないので却って疑う余地がなくなってしまった。

湯船から勢いよく立ち上がったところで目の前が真っ暗になる。貧血を起こすほど湯に浸かったのは、イギリス人青年の血で手を汚して以来のことだった。

洗面台で髪を乾かし、いつもは手を抜く化粧水と乳液を顔に塗り込む。ここを出たときの自分を笑うために、唇に薄い色をのせた。もう、バスルームでも洗面室でも何もすることがなくなり、仕方なくバスローブ姿でリビングに戻った。

武博が部屋の明かりを消して、スポットをあてたヒロトの前に座り込んでいる。部屋の空気は莉菜がバスルームに消えてから動いていないようだ。この明かりの下では、気持ちさえうまく動かせる気がしない。冷蔵庫からペリエを出して瓶のまま口に運んだ。喉を通過する泡も、うまく気持ちを鎮められない。

夜明け前に莉菜をめがけて走り込んできた武博のほうがずっと、落ち着いて今日を見据えていた。

ヒロトの写真の前に立ち、こちらの表情が逆光で見えないのをいいことに、武博の髪に指を入れてくしゃくしゃとかき回した。

「武博、お前のやり方はちょっと古い。あたしには通用しても、今どきの子はもっと違う方法じゃないと」

「そういうの、やめてよ」

「莉菜とやると後が怖いって知ってるか」

「知らない」

数秒溜めて「知らないなら教えてやる」とその腕をつかんだ。あっさりと少年が立ち上がる。寄る辺のない者同士なのだった。振り向けばヒロトがいる。罰ならすべて終わってから、死ぬときまとめてもらうつもりで、武博を寝室に連れてゆく。

カーテンを引かぬ窓辺から、暖房が間に合わぬほどの冷気が伝わって来る。ベッドの端に腰掛けた体から、容赦なく体温が流れ出て行く。街灯も届かない上階の部屋に、月明かりが差し込んでいた。青白い光の内側で、武博がセーターとジーンズを脱ぎ捨てる。

揚げ物のにおいがする唇を押しつけたあと、武博が莉菜ごと掛け布団の内側へと滑り込んだ。ずいぶん余裕があるじゃないかと軽口をたたきそうになる。しばらくは少年の流儀に任せてみようかと思うことで、自分に余裕を強《し》いた。

「思ってたよりずっと細い」

「女の体を測る余裕があるのか、武博には」

「俺、肉厚なのは好きじゃないから」

少年だったころのヒロトなら、きっと無言ですべてを終えたろう。この子は父親とは違う。けれど胸を唇に集めるその手も、太ももを割ってくる膝も、なにもかもヒロトが作ったものだった。その証拠に、莉菜は久しぶりに女の体に戻っている。

亀裂を往来する指先に、そんなことといつ覚えたんだと訊ねてみた。いつだっていいだろうと答える息が少し荒い。少年の欲望に腕を伸ばし手のひらで包んだ。陸上で鍛えた背も胸も引き締まった尻も、皮膚という皮膚はみな冷たい鎧《よろい》のようなのに、手の中のものだけは熱くてやりきれない。ひたむきな我慢が脈打っていた。唇を莉菜の耳元まで戻し、武博が囁いた。

「つけるね」

「どうぞ」

脱ぎ捨てたジーンズのポケットから避妊具を取り出し、武博がこちらに背を向けた。背中の筋肉が青白い光に照らされいくつにも割れていた。それにしても、と快楽の合間に訪れた空白に感心する。改めて教えることなどなさそうだ。いったいどこで覚えたものやらと呆れる傍ら、武博に手ほどきした相手がそんなに若くもないことに思い至り「ああ」と胸奥《むなおく》で深く頷いた。たぶん、父親に似ているのは姿形だけではないのだ。

繋がり合うさなか、武博の両腕が莉菜の体を包み込んだ。自由を奪われた体が少年の熱さを受け入れる。大きな罪を背負ったと思ったり、ここから先はすべてが許されてゆくと思ったり――快楽の端を捉えた一瞬は、何もかもが月の色に染まった。

武博がシャワーを浴びて戻ってきた莉菜をベッドに引きずり込み、腕の中に向かって言った。

「もう、怖いものがなくなった」

そのぶんこちらの方に大きな負荷がかかっていることに思いが至らない若さは、今夜莉菜が体の奥から手放したもののひとつだった。

「武博は、何が怖かったんだ」

「莉菜」

「ませたガキだ」

「正確には、莉菜に手が届かないこと」

何にでも手が届く若さを憎みながら、この成り行きを窺っていたヒロトの幻に許しを請うた。

「莉菜は、俺に何になって欲しい？　やっぱり政治家なの」

「武博はあたしがなれと言ったら、政治家になるのか」

「約束できるよ、今なら。なんで政治家なのか教えてくれれば」

まったく、手抜かりのない言い回しだ。この若さのつまずきを見届けなければならなくなった。なぜ政治家がいいのかと問う武博の腕がきつく締まった。胸が苦しい。自分がこんなに細くちいさな生き物だったことに初めて気づいた。

「赤い絨毯は、お前に最も負荷の掛かる場所だからだ。嫌がれば嫌がるほど、一度踏んでしまえば、お前が生まれ持ってきたものが際限なく光る。成りたがっているやつには一生かかっても真似のできない光り方をするんだ――」

夜の街で、世間の裏側で、影山博人が最も輝いたように。

莉菜は武博の腕から滑り出て、師走の街を照らす月を仰いだ。罪深さとはほど遠い澄んだ光を放つ月だ。ほんの少し欠けているのも、はじまりの今日にふさわしい。

背中から武博が張りのある声で言った。

「俺、明日の昼に駅に着くから。莉菜も迎えに来てよ。いつもお母さんと弥伊知さんと三人で待っててくれるじゃない。俺、あれけっこう好きなんだよね」

武博の遊びに付き合わされる大人のひとりになって「お帰りなさい」を言わねばならないらしい。曖昧《あいまい》に返事をして、視界から月を追い出す。莉菜は再び武博の腕の中に戻り「報酬は何なんだ」と訊ねた。

「なんの報酬?」

「あたしとやると後が怖いとさっき言ったろう。この時間に見合うだけの報酬だよ、武博」

「長期返済型なら、だいじょうぶだと思うけど」

「ひとまず、東大現役合格。トラック運転手にも政治家にも、学歴は重くない。どんなにつまらなくても、若いうちにたっぷりと時間稼ぎをするんだ。女は、やることやってから抱きに来い」

武博はあっさり「わかった」と答えた。

翌朝、莉菜の淹れたコーヒーを一杯飲んで、武博が部屋を出て行った。昼には素知らぬ顔で入場券を使い、ホームに降り立ったふりをするという。この馬鹿馬鹿しいほど作り込んだ少年の悪戯《いたずら》が、莉菜の月に鮮やかな色を与えたことなど、天地がひっくり返っても悟られてはいけないのだった。

ひとりきりの部屋で武博の気配を鎮めながら、莉菜は写真の前に立った。ヒロトの月には色がない。白と黒しか要らないと言った男が遺した、たったひとつぶのダイヤを体に入れた。

莉菜はいつか自分の月が血で染まっても後悔しないことに決めた。たったひとつの弱点が光り輝く日に向かって、息を潜めていよう。

冬の陽光が壁まで届こうとしている――

あだうち

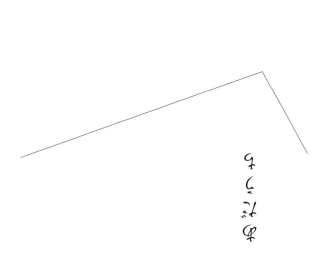

ベッドに横たわっている男があまりに不格好で、莉菜は久しぶりに吹き出した。

「弥伊知、まさかお前の体に人間の臓物が詰まっているとは思わなかったよ」

「わたくしもです」

見舞いにと持って来たアレンジフラワーの置き場所を窓際の棚に定めて、支静加が首だけで振り向き笑う。莉菜が目覚める時刻にぴったりと合わせて連絡を入れる賢さが、この女の褒めどころなのだ。もう世の中は支静加がグラビアアイドルだったことも、いきなり消えたことも忘れている。兄と北海道の片隅で暮らしていることなど興味もないだろう。

「お前の不眠症もこれで解消だろう。どうだ、意識のない時間から覚めた感想は」

「実に不愉快です」

屈強なボディガードも、病室のベッドの上では役立たずだ。無駄に痛みに耐えていたばかりに、一週間の入院が必要だという。いくぶん頬がへこんで見えるのは、昼時の病室に差し込む七月の薄い陽光のせいか。

自分たちの身に何ごとかあれば、たいていこの病院に担ぎ込まれることになっていた。先代院長は、莉菜の個展でイギリス人の青年に刺された影山博人に「心筋梗塞」の死因を与えた男だ。設備の良さと、病棟の窓から見える湿原の景色が人気だという。

特別室は一般病棟の端にあり、ほとんど廊下の物音が届かない。窓の向こうには青々と草原のふりをする浮島、釧路湿原が広がっている。

莉菜は支静加に素っ気ない茶封筒を渡した。見舞いとしては五ミリが正解だろう。受け取るのをためらう目が変に色っぽいのは、支静加のせいではない。

「死んだら倍の厚みだった。お粥《かゆ》をすする弥伊知の前で旨いもん食べてやりな」

支静加はちらとベッドの枕元に視線をやり、兄に「受け取りますよ」と告げた。口を閉じれば微笑みが含み笑いへと変わる。弥伊知はこの先なにがあってもこの女には敵わない。

「盲腸が命取りになることがあるとはな。弥伊知に不要なもんは体の真ん中だけだと思ってた。考えてみれば、もうけっこうな年だった」

寝たふりをする男が可笑《おか》しくて、支静加と目を合わせ莉菜も鼻から笑いを逃がした。帰宅してから痛みで倒れるとは、弥伊知らしい。莉菜を送り届けたときは頬すら動かさなかった。いきなり痛み出したわけでもあるまいと思うと、その忠誠心が鬱陶しい。

「医者が言う安静を満額守って、ほかに悪いところがないことが分かってから復帰ってことで。そこんところは支靜加に見張りを頼んでおくから、諦めるんだな」

「申しわけありません」

悔しそうな口元から視線をベッドのフレームに移した。

齋藤弥伊知、♂、血液型B＋、担当医——

その名字が「儀俄内《ぎがうち》」だったことで、莉菜の記憶がするりと古い場所へと滑り込んだ。

市長選に初出馬の松浦雄太の敵が、当時現職だった儀俄内喜一《きいち》だったのを思い出す。まだ莉菜の父、影山博人が街の経済を仕切っていたころの話だ。現職を破って初当選を果たした松浦の嫁に種をつけて薄笑いを浮かべたのが影山博人だった。一粒種の武博は、莉菜が命じた東大受験をこの春、実の父親そっくりの笑い方で突破した。

盆休みは戻らないと、入学式を終えたあとの電話口で言っていた。努めて会う会わぬの話にしないのは、合格の餌として莉菜との関係があったせいだ。

卵は、孵《かえ》ってみれば年々赤の他人に似てくる。少年は、誰の目から見ても松浦の息子ではない。戸籍上の父親である松浦が騒ぎ出したところで何らかの手を打たねばならないが、騒げば選挙で悪魔に魂を売った売らないの話になり、必ず骸《むくろ》が出る。松浦の嫁が影山博人の種で息子を産んだ事実は松浦本人を守り、武博が独り立ちするまでの時間を稼ぐ道具になった。

嫁は夫と息子を天秤に掛けるときは迷いもせず息子を取る。

莉菜は胸裡で父の言葉を繰り返した。

――うかつに人を頼ると、それだけの見返りが必要になる。莉菜、覚えておけよ。世の中の誰も信じなかった男は義理の娘のために死に、父に頼り切っていた莉菜は、すべての見返りを生きているあいだ中、死んだ父に支払い続ける。嫌でやっていることはひとつもないが、好きでやっていることは何かと問われたら訊ねた相手を殴ってしまうかもしれない。普段莉菜が人を殴らぬよう危害を加えぬよう見張っているのが、ベッドで情けない姿をさらしている弥伊知だった。

儀俄内か――

「どうかしましたか」支静加が訊ねる。

「担当は女医なのか。儀俄内あすみ、珍しい名字だなと思って」

「評判の良い先生ですって。運び込んだときも儀俄内先生の診断の早さが決め手だったと聞きました。運が良かったそうです」

弥伊知の瞼《まぶた》が開いた。莉菜は唇の端を片方だけ持ち上げて見せる。深いため息が尾を引き、弥伊知の胸が上下する。莉菜が何を考えているのか、瞬時に理解する部下は向こう一週間使い物にならない。これも何かの縁だろう。

「弥伊知、お前はゆっくり休め。あたしも向こう一週間は静かに暮らす」

莉菜の言葉を信じたとも思えないが、無表情の弥伊知がまた目を閉じた。

「明日も来る。どうせ行くところがないからな。お前が取らない電話で苛々する人間がいても、それはそれでいい街の風だろうよ」

弥伊知が雲隠れした噂は二日もしないうちに知れ渡り、復帰する頃には莉菜とも死亡説が囁《ささや》かれているに違いない。それも面白い。急ぎの用事など、向こうにはあるがこちらにはない。焦ったほうが負け——余裕のないやつほど歩幅が狭いのだ。

病室を出て、ナースセンターのあたりをぶらついてみる。近頃のナースは白いワンピース型ではなくパンツスタイルで仕事をするようだ。紺色やえんじ色の洒落《しゃれ》たユニフォームを着てナース帽もないので、誰が医者で誰が看護師なのか見分けがつかない。

背後から「どちら様でしたか」と気安く声を掛けられた。普段そんな風にものを訊ねられることもなかったので、妙に新鮮な気分で振り返る。ずいぶんと背の小さいスタッフだ。

「メーカーの方は訪問時間と院のお約束をちゃんと守ってください。ここは限られた患者さんとご家族のフロアですよ」

黒いパンツスーツでナースセンター周りをうろついていたので、営業か何かと勘違いされたらしい。知人が入院したものだから、といういいわけがあっさり通用したのはつまらなかったが、気の強そうな看護師は「あら、ごめんなさい」と言ってすぐにガラス張りの室内へと足を向けた。

莉菜は彼女を呼び止めた。今度は看護師が振り返る。

「すみません、儀俄内先生はどちらでしょうか」

無理やり松浦を当選させたあと、前市長は街を去ったと聞いた。お礼参りの心配も失せたあとのことは知らない。もしも前市長の血縁だったら面白い。莉菜の好奇心を引き留める弥伊知はベッドに繋がれている。好奇心はおかしな解放感へと変わり「儀俄内」の名前によって膨らみ始めた。

看護師が腕の時計を見て、もう病棟にはいないと言った。いつ来れば会えるかと問うと、何の用事かと返ってきた。

「実は、家族のようにしている部下が盲腸をこじらせてこちらにご厄介になったもんですから。本人が仕事への復帰を気にしておりますもので、職場の対処はどうしたらいいものかお伺いしたかったんです」

看護師は「そうだったんですか」と頷き、儀俄内は明日の朝十時には病棟に顔を出すのだと言った。そして、ちらと廊下の角を見た。ここからでは見えぬ病室は、ごくごく限られた人間しか使うことのない場所だ。その頬にわずかな好奇心も見て取れないことが莉菜の興味を厚くする。延々と守られてきた土地の事情、あるいは裏側が、彼女たちの表情を平らなものにする。影山博人の死因が外に漏れなかったのも、先代院長の力だった。

「じゃあ、明日また来ます」短く礼を言って病院を出た。

病院の外は短い夏をどうにか夏らしく見せようとするあまり、どことなく風もぬるくよそよそしい演技をしている。視界に入ってくるのは湿地の緑とクレヨンの空色だ。莉菜は、この街には蓋がかぶせられていると感じた日のことを思い出した。

十四の年、一年ほど早く釧路入りしていた母に呼ばれ、祖母とふたりで気の遠くなるくらい列車に揺られてこの街にやってきたのだった。初めて会った義理の父は影山博人と名乗った。彼の仕事が薄暗い内容だと気づいたのはいつだったか。ビル経営者、実業家、というのは仕事内容を曖昧にしておけるいい肩書きだった。

病院の玄関前に待機しているタクシーに乗り込み、さてどこへ行けばいいものかと考えた。弥伊知の運転であれば、その日行かねばならぬところがはっきりしている。行き先を自分で決められるというのは、案外心許《こころもと》ないものだった。部屋に戻ったところで、酒しかない。部屋の窓に暮れてゆく河口を見るのは、夜が面倒くさいものになりそうで避けたい。

ふと、去年の除幕式に行ったきりのプラネタリウムを思い出した。オープン当初の騒ぎも収まり、そろそろ人も入らなくなっている頃だろう。海の街はとかく飽きっぽい。公共事業で動く金の額を知らぬ者にとっては、何を言ったところで興味がなくなればそれでお終いだ。引き合う企業や人間を体裁よく束にして事業を太らせてゆくのも莉菜の仕事だった。

「プラネタリウムへ行って」

タクシー運転手が「承知しました」と言って車を出した。エアコンを入れないままで夏をやり過ごす土地では、天気のいい日はタクシーも半分窓を開けて走行する。薄い雲が空にベールを掛けていた。気温は二十度そこそこでも、湿度が高いので肌はすぐにべたついてしまう。風を入れた車はブレーキが遅いのか、ときどき体が前へと倒れそうになる。背もたれから背が離れる際、いちいち腹に力がはいった。

三十分後、莉菜は来館者のひとりとなって、プラネタリウムの席に座った。案の定、ガラガラだ。子供向けの星座物語は、ギリシャ神話だった。神も私利私欲に悩まされていたようで、それぞれの末路が用意されている。爽やかな女性の声で神々の繰り広げる骨肉の争いを聞いているうち、少し眠った。耳に残ったのは、眠りに落ちる寸前の「こうして仇討ちは成功したのでした」だった。

翌朝、再び弥伊知の病室へ向かう際、廊下で四十がらみの女性医師が看護師と立ち話をしていた。看護師と同じウェアの上に白衣を引っかけている。胸に「儀俄内」のカードを下げているのを見逃さなかった。莉菜が会釈《えしやく》をすると、白衣の裾が動いた。

「齋藤弥伊知の職場の者で、影山と申します。ご挨拶が遅れまして申しわけありません。このたびはありがとうございました」

ふっと表情を柔らかくした女医は「経過は良好です」と言って微笑んだ。その腕によほどの自信があるのか、瞳に好戦的な色はない。莉菜が他人に興味を示す理由はたいがいこの、自分を目の前にして臆さぬ様子だった。

「本人が職場復帰を焦るのですが、こちらはしっかり治ってから戻るように言い聞かせているところです。どうか先生からも、そのように」

頭を下げると、女医がいっそう柔らかな声で「承知しました」と言った。

莉菜は女医の佇《たたず》まいに、心地良い風のにおいを嗅《か》いだ。直感というには経験が邪魔で、しかし根拠があるかと問われれば勘としか答えようのない、しかしこれは確信だ。儀俄内あすみは、どんな場面に立たされてもその表情によって周囲に足下を見られるということのない類《たぐ》いの女だった。

「失礼ですが、先生は元市長の儀俄内さんとは――」

戸惑いも躊躇《ためら》いもない口調で彼女は「父です」と言った。

自分の父親を裏側の力で蹴り落とした男の娘が目の前に居ると知らぬ目は、妙に澄んでいる。これは、腹の中になんら探られるもののない者の瞳ではないか。常に対等、常に平坦。彼女の父親は、当時の市長選に敗れなければやがて国の赤絨毯を踏むと言われた男だったが、人間の出来が良すぎてそれがあだになった。父の血を引く娘の佇まいは、自ら敵を作らない気配に満ちていた。

「珍しい名前ですから、今でもたまに患者さんから訊ねられるんです。声をかけてくださる方はみなさん父を懐かしがってくださいます」

儀俄内を破って当選した松浦は、道議会へと足場を移した。次の市長選で担ぎたいと連れてきた甥《おい》は、本人同様に政治家の器にほど遠いぼんくらだ。

さて、と莉菜はこれ以上なく顔の筋肉を緩ませた。良いことを思いついたときの高揚感で、靴の先からつま先が持ち上がりそうだ。いつもならここで弥伊知が時計などを見て、一度この場を離れろという合図を送ってくる。今日はその弥伊知がベッドにくくりつけられており、莉菜は自由だ。

少し時間をくれないかという莉菜の申し出を、女医は断らなかった。

「昼休みはいつも食堂なんですが、一時間後でもよろしければ。ここの焼飯は馬鹿にできない美味しさなんです。一緒にいかがですか」

待ち時間の半分を弥伊知の病室で過ごし、上体を半分起こせるようになった巨体に訝《いぶか》しがられた。儀俄内の娘と話をする、というと弥伊知は両鼻の脇に深い溝を作り「なにをするつもりですか」と問う。

「何も。まさかの松浦に負けた男が、いまどうしているのか知りたいだけだ。次の市長選を面白くするにはどうしたらいいか考えてる。お前がこんなところで暢気《のんき》に油売ってる間も、あたしは真面目に仕事をしてるんだよ」

弥伊知は苦い表情を隠さない。支靜加はベッドを挟み向かい側の丸椅子に姿勢正しく座っており、内側の水を一滴もこぼさぬ鉄壁の笑顔だ。

莉菜の狙いは父親などではなく、娘の儀俄内あすみだった。次の市長選で彼女を立てたら、街がどんな具合にうねるのか見てみたい。愛し方を知らない男が心から憎んだ街を、いまは莉菜が憎んでいるのだった。ヒロトが生きていたら、同じことを考えるのではないかと思うと余計に楽しくなってくる。

――莉菜、石はお前が面白いと思うところに打って行け。一手打ったら周りが忙《せわ》しなく動く。そうすれば、盤上には面白い絵が浮かび上がって来るんだ。

白と黒しか要らないと言い切る男の血が、娘の自分に流れているような気がしてくる。

結局、弥伊知の表情を元に戻したひとことは「間違いなくヒロトも同じことをしたはずだ」だった。この名を出せば弥伊知が黙ることを知っていて、出すタイミングを間違わないことが大切なのだった。

病院の食堂からは、河口に向かって流れる川と絨毯そっくりな葦原《あしはら》が一望できる。ずいぶんと早い時期に埋め立てられた地域だが、もともとは湿原の一部だった。

「毎日この席でお昼ご飯を食べるんです」

そう言って微笑む儀俄内あすみと、向かい合わせで箸を運ぶ。朱色のトレイには薄茶色の焼飯が山盛りの皿、メラミンのカップに入ったスープが載っている。ひとくちすすってみる。ラーメンのスープと同じだろう。舌先に残る軽い痺れは、化学調味料だ。

あすみが焼飯を箸で食べる姿を見て、莉菜の口元がゆるんだ。自分も米の料理を食べる際は迷いなく箸を使う。

個人経営としては道内でも一、二という規模の病院だった。元市長の娘がどういった経緯で地元に戻ったのか訊ねてみる。

「父が政治から完全に手を引いたのは、それまで信じていたブレーンのほとんどがいなくなっていたことに、市長選の当日まで気づかなかったからです。自分が街を動かしていたのではなく、街に動かされていたちいさな歯車のひとつだったと気づいたところで、すべての諦めがついたんでしょうね」

そう話す娘の表情は、内容とは裏腹に明るい。裏で手を回していた人間の存在を知っても、この女は同じように笑っていられるのかどうか。莉菜の興味は別な坂道を流れてゆく。

青々とした草原のところどころに、ヤチハンノキが背を丸めていた。湿原は乾き始めていると誰かが言っていた。緑色の絨毯にできた瘤《こぶ》は、月日を重ねながらその数を増やしてゆく。堆積した泥炭は、浮島から湿地へ、湿地からいつか固い土地へと変化する。長い年月を経てみれば、泥炭の下に在る水の層など人間の生活になんの影響もなくなってしまう。

莉菜は輪切りのネギが数個浮いたスープをすすり、儀俄内あすみに訊ねた。

「お父様は、当時手のひらを返したブレーンを恨んではいなかったんでしょうか」

あすみの視線が莉菜から窓の外に移る。言いたいことを整理しているようにも、口をつぐんでいるようにも見える横顔を、辛抱強く待ってみる。瞳が莉菜に戻ってくるまでに、焼飯の皿が空いた。

あすみは皿にひとくち残っていた焼飯を口に運んだあと、ぽつりと言った。

「誰も恨みたくないから、街を出たんだと思います」

恨みたくない――わずかだが確かな手応えが莉菜の臓腑に落ちてゆく。対峙している相手が、どういった場面だろうとその単語を使ったところで引っ張る糸と方向が見えるようになった。とうとう自分はカメレオンになった、と思える瞬間だ。

「誰も恨みたくない、ですか。お父様が人格者というのは本当だったんですね」

「人格者がなにを指すのかよく分かりませんけれど。街に残れば延々と自分の失墜と付き合わねばなりませんし、母も親類縁者との付き合いに疲れていたでしょうし。後援会に礼を尽くして、母を連れて札幌に出ました」

儀俄内喜一は落選後、妻と娘の家族三人で暮らすため札幌郊外にちいさな家を持った。大学時代の友人を頼って個人病院の薬局長の職を得た。あすみは三年前に母を、その後一年もたたぬうちに父を亡くしたところで、一度釧路に行く決意をした。

「高校を卒業するまで住んでいた場所なのに、なんだか見たこともない街に来たような感じでした。親がいないというのは、こういうことなんでしょうね。この名前のお陰で、ときどき声をかけていただけます。父が亡くなったことを話すと、みなさん残念そうな表情に」

両親は市長選に敗れて街を追われた、という一人娘の解釈はここ一年のあいだにずいぶんと柔らかく変化したのだと、彼女は言った。

「あんまり個人的な感情に振り回されるのも面倒になりました。来てみて正解だったと思います」

「それは良かった」

で——

化粧気のない唇が軽やかに伸びた。

「影山さんはなぜ父のことをそんなに」

柔らかな印象を内側からめくり返すようなつよい瞳が莉菜に向けられた。素直に驚きたいのを堪《こら》えて、ひと呼吸置いて言った。

「儀俄内市長とは直接の面識はなかったのですが、わたしの父も多少選挙に引っかかりがある仕事をしていたものですから」

引っかかりですか、とあすみが訊ねてくる。莉菜はこの女を引きつけた実感の中で一気に次の市長選に向けて動いていることを語った。

「実はいま、現職に勝てる人材を探しています。ドーナツ化している繁華街や近隣市町村との関わりなどで、新しい候補を立てて行かねば活性化も望めない。政治を動かすのは政治家ですが、ご存じのとおりその政治家を作るにはまた別の動きが必要でして。まず手始めに、ここで新たな地ならしをしてくれる人間が欲しいわけです」

莉菜はゆっくりと息を吸い、吸ったときの倍かけて吐き出した。重ねられるトレイの音、朝ドラの話で盛り上がる離れたテーブルの騒々しさ、そんなものが一緒くたになって耳へと流れ込んでくる。

「儀俄内先生、市長に立候補してもらえませんか」

辺りの音がなくなり、儀俄内あすみの顔からも表情が消えた。莉菜は、このヒリヒリとした時間を養分にして今まで生きてきたのだった。生きていれば影山博人が必ずやっただろうことを、懸命になぞることで自分がいまも図々しく生きていることを許すのだ。

化粧気のない儀俄内あすみの頰に、うっすらと血色が戻ってくるまで、待った。

やっぱり――

意外なひとことが返ってきた。

「影山さん、お目にかかれて光栄です。この街で儀俄内のネームプレートを首にぶら下げていれば、そう長く待たないで会えると思っていました」

眉を動かすような場面ではなさそうだ。

「用があるのなら、待たずに連絡をくれれば良かったのに。最初からくだけた話が出来れば、なにも面倒はないんですよ」

こんなとき間髪入れずに開き直るのは莉菜の習い性だ。どちらが狐《きつね》でどちらが狸なのかは、日を置かずにはっきりするだろう。この場に弥伊知がいなくて良かった。いれば弥伊知の不機嫌にブレーキをかけられ、次に踏み込むまでに時間がかかる。

「誰も恨まずに街を去ろうと決めた父の耳に、何度かカゲヤマという名前が入ってきたそうです。後援会が突き止めたいくつかの寝返りに、ババ抜きのババみたいに出てきた名前だと聞きました」

カゲヤマが既に死んでいたのは残念だったけれど、とあすみは唇の両端を持ち上げる。

「そんな話が舞い込むことくらい、承知の上で街に戻ったんですよ。街に巣を張る蜘蛛《くも》が見てみたかった、というだけです」

商談成立。

肚《はら》のなかでそうつぶやきながら、莉菜は「それで」と訊ねた。

「首尾良くカゲヤマを突き止めたあとは、どうするつもりでした？」

視線を泳がせることもなくあすみは「それは会ってからの話」と返した。ずるい答えに違いない。けれどこの女がヒロトに会っていたら、あっさりと儀俄内喜一の敗北を認めたろうことも想像できた。金で動くものと動かぬものがあること、金で動かせる人間がいることを、カゲヤマヒロトならその場で分からせることが出来る。相手が女ならなおのこと。

芦原に風が流れてゆくのが見えた。緑色の波が海の方向に向かって引いてゆく。あすみが腕の時計を見る。充実した昼休みでしたね、と言えば「おかげさまで」と返ってきた。

「で、儀俄内先生の言う『そんな話』のほうはどうしましょうか」

あすみが眉尻を上げた。こちらを小馬鹿にするときも、この女は人に嫌な印象を与えないのだった。肚の内側を見せないことにかけては誰も敵わぬ力を持っている。持って生まれたものをどう使うかは本人の自由だが、どうせ使うのなら最大限活かす方法でやるのがいい。

「市長選に出るか出ないか、ですよ。あなたには器がある、それはわたしが保証します。選挙は公約ではなく顔つきで受かるものです。最後の最後は上手く笑えるやつが勝つ。あとは儀俄内さんの気持ち次第」

顔つき――？

儀俄内あすみの表情が崩れた。笑いそうな泣きそうな、どちらともつかぬ顔だ。ようやく会話らしくなってきた。

「政治家は、万人を安心させる顔で戦う。それがないやつは金が要る。儀俄内喜一は、あの年ちょっとばかり自信がなかった。無意識が顔に出た。そういうことです」

儀俄内あすみを出すときは、それほど金もかからないのだった。この女は、人間の体にメスを入れるときも人を安心させ、こんな具合に笑っているのだろう。

「負けた原因は父にもあった、と言いたいの？」

「そうです」

不毛な会話をせき止めて、新たな波に彼女を乗せる。

「せっかく思惑どおりにカゲヤマが釣れたんです。地域医療改革でもなんでも、匂いのいい公約を掲げて、街初めての女性市長の椅子に座ってみたらどうですか。昔と違い、なんの旨味もない街ですがね」

「なんの旨味もない街にしたのは、あなたたちでしょう」

「実際に座ってみなければ分からないのが、椅子の座り心地ですよ」

莉菜が父の影を背負って生きているように、あすみにも拭い去れない傷がある。引っかけて上手く回すつもりでも、相手にも多少の抵抗力はあるのだ。あとは利害が一致すれば万事解決だった。

「市長の椅子に座った途端、手のひらを返してカゲヤマの残党を潰しにかかるかもしれないですよ」

「仇討ち気取りもいいでしょう。やる気があるのなら、せいぜい操り人形の時期を楽しんでください。わたしたちは、あなたを担ぐ力を惜しみません」

あすみはすっきりとした笑顔で「何期ですか」と訊ねた。椅子のからくりが分かっている者の口調だった。莉菜は迷わず「最低三期」と答えた。十二年あれば、武博の教育も出来る。票は莉菜が束ねる。この女がいれば、武博の出馬を阻む松浦の横槍も防げる。人徳からはほど遠い道議止まりの松浦をさっさと隠居させて、この女を担げばいい。儀俄内の名前を沈めた男は、時を待たずに儀俄内の娘に沈められる。見るも鮮やかな「あだうち」だ。過去、この街にこんな面白い選挙はなかっただろう。

つまらない躓《つまず》きがあってはいけない。莉菜はあすみに男の有無を問うた。

「こっちに来てからは特別」

「中身はどうでも、そこはクリーンに見せておくことです」

言ったあとふと、この女に武博を与えてやるのはどうだろうかと考えた。この鼻っ柱を根元から折るような若い体を覚えさせて、どんどん骨を溶かし、不要になったら想像もつかない場所へ放り投げてみるのもいい——

考えただけで笑いがこみ上げてくる。女のワルには、できないことがないのだ。有益な石をひとつ手に入れた実感が、次のアトラクションを連れてくる。

「それじゃあ、わたしは仕事に戻ります」

「では、また近いうちにゆっくり」

あすみが食堂を出て行った。笑い顔なしで立ち上がったところを見れば、彼女も莉菜と戦う準備に入ったということだ。土俵さえ出来てしまえばこっちのものだ、とお互いが思っている。湿原に、次から次へと風が吹いていた。緑が波立ち、葦の葉をひるがえしては海のある方へと流れてゆく。

さて、と莉菜も立ち上がった。梅雨を知らない街は、湿った冷たい風と一緒にどこまでも流され続ければいいのだった。南下すれば国の中央が、北上すれば外の国が見える。いつかこんなふうに、街から海へ流れて行くのもいい。

武博、ここはお前にとってもあたしにとっても面白い戦場だ。さして旨味もないけれど、ゲームをするにはいいボードだろう。

ヒロトはこの街を自身の色に染め、死んでなお色を重ねる。いったい何年こうしてきたんだろう――自分はいったい何色だろうかと莉菜は考える。答えは湿原を渡る風になれば見えるだろうか。


ベッドで横たわる弥伊知のそばには、昨日より少し涼しげな目元の支静加がいた。

商談成立だ、と告げると支静加が不思議そうな表情で弥伊知を見る。弥伊知はまた面倒が増えたことで、ため息を吐きたいところを堪えている。

「経過は良好らしいな」

「そちらの首尾も上々のようでなによりです」

「お前が寝っ転がってるあいだも暇なしに働いてるからな。面白い花火が上がれば、みんな上を見る。女医が機嫌を損ねる前に、さっさと退院するんだな」

儀俄内あすみが市長の椅子に座るころ、この街からはいまよりずっと旨味が失われているだろう。負債を抱えた街には、真正面から正論を語るミューズが必要になる。医療と福祉はいい餌となって、ひとの関心を政治の現場から遠ざける。堆積した不満が地下の水を忘れさせるころには、武博が根を張ってもびくともしない土地になる。

感情とは厄介で、過去もまた煩わしい。不満を食い物にして生きている街の下で流れ続ける莉菜は、容易に風にはなれないのだった。

儀俄内あすみの本意がどこにあるのか、時間をかけて確かめるのも面白いだろう。

それにしても、と莉菜は窓の外に広がる湿地の風を眺めた。この夏は北海道に戻らないという武博の心の裡《うち》が煩わしかった。武博の意固地には手を焼いている。なにをそう拗《す》ねる必要があるのか。莉菜は肌ですれ違った冬の一夜を思い返してみる。再びの夜を求めても与えられず、少年は程よくひねくれた。

このあたしがそうそう言うことをきくと思ったら大間違いだ。

――莉菜、お望みどおり現役で一発合格だ。これで文句はないだろう。

――文句があるのは、お前じゃないのか。

――相変わらず、のらりくらりと嫌な女だ。

――女扱いありがとう。武博、お前の周りにいる人間のひとりかふたりが、いつか馬鹿な力を持つようになる。身の程知らずが使い勝手のいい石だ。よく見極めて飼い慣らせ。

――うるせぇよ。

少年は不満を筋肉にして成長し続けている。いつかまた、その腕に組み敷かれることを夢見ているのは、誰でもない莉菜自身なのだったが。莉菜は待てる、武博は待てない。それだけだ。世の中には目の覚める馬鹿と覚めない馬鹿がいる。

あたしも儀俄内の娘も、目の覚めない馬鹿かもしれない。

それでもいい。

「弥伊知、またしばらく忙しくなるぞ。要らない臓物なんぞ、さっさと焼いて食ってしまえ」

「わたくしの虫垂はホルモン焼きにはなりません」

この病室は、食堂の一等席の真下だった。凪は今この時をどこまで運んでゆくつもりだろう。いつかちぎれるまで凪になる夢を見させる不思議な景色だった。

「お前の冗談は相変わらずキレがない」

久しぶりに莉菜が笑うと、支靜加も鈴によく似た声をたてて笑った。

泡の糸

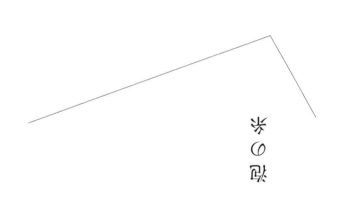

地元から経産省の役人を輩出したという噂はあっという間に街を一周した。

松浦酒店の女将から届いた祝い酒は、箱に入れたまま冷蔵庫に寝かせてある。ドンペリを配るのはまだ早いだろうと思ったものの、冷蔵庫を開けて炭酸水を手にするたびに目の端に入れては口元を緩ませた。

北海道初の女性市長が誕生してから、街の商業施設は中心に近いほどみるみる力を失っていった。街が大切にしてきた、駅前通りの息の根を止めたことで、急激に空洞化が加速したのだった。

街の人間が中心部の商業活性化に期待しなくなれば、顔役も肩書きと過去の栄華を撫《な》でるしかなかった。二代目が長く寝かせたままの土地をどうするか決断を迫られる時期だったことも、結束と足並みがほどよく乱れるよいきっかけになった。

儀俄内《ぎがうち》あすみは、父親の手足を切った人間やその後継者をじわじわと追い込んでゆく。

いまや過去のものとなった経済の中心地点は、そろそろ土俵際で俵からかかとを出していた。

――地域医療と福祉に力を入れる元外科医の女性市長、恐ろしい人気ぶりじゃないか。街の骨を抜いて、何をするつもりだ。

――もうじき駅前通りは福祉施設と老人医療の拠点になりますよ。それまでわたしが影山莉菜に消されなかったらの話ですけど。

あすみの強さは、何ごとにも焦《あせ》らぬことだった。とにかくじわじわとゆっくり刺してゆくので、刺された方は自分の体にどんな異物が差し込まれたのかしばらく気づかない。神経をかいくぐることの出来る細い注射針を使えばいいのだとあすみが言う。そんなものかと莉菜は思う。十年かける覚悟があればなんでも変えられる、というのが彼女の口癖だ。そのひとことを大衆がどう聞くかは自由だった。

カゲヤマの名前が通用しなくなりつつある中心街は人影もまばらで、莉菜にとってどこか他人事にも思える長閑《のどか》さだ。あすみとは味方であって敵、敵ではあるが頼りがいのある者同士。その二人三脚あるいは蜜月は、武博が「経産省出身の代議士」となるまで続く。続かせる。

いつ飲む気になるのか、今朝もドンペリの箱を横目で見ながら炭酸水のボトルを一本取り出す。勢いよく喉へと流し込むと、内臓のスイッチが入る。

最近は、人に会う回数も減った。経済面、人脈その他、莉菜に頼っていた人間が散っているのを実感する。それもそうだ、と莉菜自身が納得しているのだから当然だった。

あすみは今後、市長選で自分の父を倒した男の息子を政治家にすることで世の注目を得て、父の名誉と自身の一生を賭けた溜飲を下げる。

人間のプライドとはそこまで人を突き動かせるものなのかと、あすみを見ているとその貪《どん》欲《よく》さに吐き気がする。しかし、その吐き気こそが自らは埋めがたい莉菜の欠落なのだった。あすみに限らず人間はおかしな生きものだ。

日課のようにヒロトの写真を眺めているところへ携帯が震え始めた。弥伊知かと思って手に取ると、まち子の表示だ。ひとつ息を吐き、通話ボタンを押した。

母の「起きてたのかい」というおかしな問いに「おはよう」と返す。まち子は、自社ビルの地下にオープンさせたクラブ「ダニエル」が順調だと聞いた。なかなか埋まらない空き店舗で、趣味のように店を開いたのが五年前のことだ。

売買するめぼしいビルもなくなった今、多少でも売り上げの出ている雑居ビルに好きな看板を揚げておくのも、まち子の甲斐性なのだろう。

「今日、家に来てちょうだい。少し早めのお昼ご飯を用意しておくから」

「まさか、まち子さんの手料理ですか」

「毒なんぞ盛らないから安心しておいで」

擦《かす》れた声を放つまち子に「わかりました」と返した。

高台の実家に行くのは久しぶりだ。多少の億劫《おっくう》さと、娘としての義務を果たす安堵《あんど》が胸の裡《うち》でぐるりと混じり合う。まち子とは、年を追うごとに他人行儀になってきた。それがこの関係の本筋と言わんばかりの疎《うと》さ遠さが最近は心地良い。呼び出すからには、会って話したい用件なのだろう。

莉菜は脱いだパジャマを洗濯機に放り込み、湯を溜めた風呂に浸《つ》かった。油ぎれを起こしたような関節と肉付きの悪い体を毎朝温めることで、体調を維持している。大きな病気もしてこなかったが、体重が増えも減りもしないので却《かえ》って皮膚、筋肉、骨と、素直に衰えているのが分かる。緩んだ胸や腹、尻、骨の浮いた胴やかさついたくるぶし——近ごろは自分の体に現れる老いが面白くなってきた。

ときどき、十七の武博が乱暴に触れた部分を確かめるが、もうそこに少年の残した爪痕《つめあと》も傷も痛みも快楽も残ってはおらず、遠いゆえの鮮やかさがほの暗く漂うのみだった。最近の武博は、地元に戻ってきても莉菜に連絡を寄こさない。後になってから松浦酒店の女将に里帰りを知らされることが二度続いて、莉菜は自分から連絡を入れることもやめた。

もうひと踏ん張りしなくては——

湯船から勢いよく立ち上がった際、軽いめまいがして壁に手を突いた。膝に力を入れ、転ぶのを防ぐ。改めて、ひとりきりで老いを迎えた母親の状況を考えた。

弥伊知に実家へ行くとメールで連絡を入れると、すぐに携帯電話が震え出した。

「奥様から、わたくしどもにもお呼びがかかっております」

「わたくしども、って言った？」

「支静加《しずか》も連れて来るように、とのことでした」

どうしてまた、と口から出そうになる。単純に娘の安否確認で呼び出したわけではなさそうだ。

「まち子さん、なにかあったかな」

さあ、という弥伊知の声にごまかしはない。莉菜と弥伊知と支静加の三人で実家へ行くという事実に、わずかだが気が重たくなった。老いた母と対峙する自分を身近な人間に見られることの恥ずかしさもある。

身支度を整え、マンションのエントランスまで行くと、助手席に支静加を乗せて弥伊知が待っていた。流れるような動作で支静加が後部座席のドアを開け、莉菜が乗り込む。

弥伊知とふたり、ボディガードとカゲヤマのお嬢を気取りながらこの街を徘徊していた時間が二十年近くにも及ぶと気づき、後部座席でひとり笑いを堪《こら》えた。

弥伊知も支静加も、挨拶《あいさつ》以外の言葉を口にしない。このふたりが送っている静かな日常を思い浮かべると、湯に浸してきた体から熱が奪われてゆく気がする。それは、お互いの衣擦《きぬず》れに耳を寄せ、わずかな心の動きを察し合う暮らしへと続いている。

カーブもアクセルも感じさせない弥伊知の運転があまりに心地良くて、長いこと感傷的な時間に付き合わせてきたのだった。

門扉《もんぴ》を開き、車を敷地に入れる。玄関からまち子が出てきた。

「いらっしゃい、待ってたよ」

昼の日なか、花曇りの空の下、少し背中の丸くなった母を見た。化粧気のないのはいつものことだが、日の下で改めて見ると、店に出るときは多少なりとも化粧をしていたのだと気づく。日の差さない春の街に、母の顔はどこかのっぺりと薄黒く、不健康だった。

家に入るなり、莉菜と弥伊知には玄関横の応接室に居ろという。支靜加だけが昼食を運ぶ手伝いに呼ばれた。窓の外には灰色の絵の具で塗りつぶした空と黒い海しかない。どこかから香のにおいが漂っていた。リビングに入らないものだから、珍しくふたりとも、仏壇に手を合わせそびれた。

深々と、向かい合わせのソファーに尻を沈める。どうにも落ち着かないのは、今さら応接室で弥伊知と話すどんな話題もないせいだろう。弥伊知には莉菜の考えていることのおおかたが想像つき、莉菜は弥伊知の生活その他にほとんど興味がない。支靜加のお陰で心配する役どころを逃れたといっていい。

「お待たせしました」

支靜加がお盆を手に部屋に入ってくる。今日はモスグリーンのワンピースを身につけている。白髪染めで維持している背中までの髪を揺らし微笑んだ目元に、年相応の皺《しわ》が寄った。

盆の上には大小二種類の取り皿と割り箸、大鉢に山盛りになった茄子《なす》の漬物が載っている。手で裂いた、形が不揃いの茄子は、漬物にしてはみずみずしく採れたての気配を残していた。

続いてまち子が寿司桶を持ってきた。ちらし寿司だ。莉菜がまだカメラを持ち始めたばかりの頃——幸福なままごと遊びが許されていた時代の記憶が戻ってくる。夫の不在を受け容れるためにまち子が要した時間を、莉菜は知らない。商売を立て直せたあとの、気持ちの在《あり》処《か》を訊ねたことも確かめたこともない。

なによりヒロトの死が自分の不手際ゆえだったことを、莉菜はまだ母に詫びていなかった。まち子はセキュリティと建材の良い家に不釣り合いな、茶渋だらけの急須で番茶を淹《い》れる。湯飲みは、普段使うこともない有田焼の来客用だ。

「もう、目の調子が良くないんでね、玉子もうまく切れなくて、支静加に手伝ってもらった。助かったよ。相変わらずこの子は気が利くねえ」

「目の調子が悪いなんて聞いてなかったけど」

包丁を持つ場面で自分が呼ばれることはないと納得しながら、莉菜は珍しい母の健康不安に驚いた。

支静加が少ない動作で取り皿のひとつひとつにちらし寿司を取り分ける。最初に置かれたのは莉菜の皿だった。まち子、弥伊知、最後は自分の皿だ。

「今日の漬物は、泉州《せんしゅう》の水茄子だ。大阪から取り寄せた、時季のものだよ。色が変わる前に食べなさい」

薄味のぬか漬けになぜ生け花を思い浮かべたのかはわからないが、時季のもの、という母の言葉と極限まで薄い味付けが莉菜に切り花の想像を許した。

静かな食事だった。弥伊知も支静加も何も話さない。まち子がぽつぽつと空模様のことや、目がかすんでいるばかりに行き届かない掃除のことなどを口にする。相づちは莉菜の役目だった。

それでね、とまち子が番茶をすすった。

「入院するんだ」

「どこの眼科?」

会ってからずっと目の調子が悪いと何度も言っていたので、てっきり白内障の手術だとばかり思っていた。まち子は笑うでも怒るでもない顔で「眼科じゃない」と答えた。

「元気が取り柄のまち子さんだったけれど、いろいろ出て来た。しばらく湿原を眺めながら病室で暮らすことになったから」

「しばらくって、どのくらい」

「さてねえ、あたしにもよく分かんないよ。けど、医者はいろいろ検査だの治療だのしたがってねえ。たまには三食昼寝つきの生活も悪くないかなと思ってさ」

まち子が治療を要する病巣を抱えているなど考えてもみなかった。病気が似合わない彼女の今までを振り返る。

「弥伊知の次はあたし、二度あることは三度目を予測しなけりゃ。莉菜も支静加も気をつけなさいよ」

まち子がその口に茄子をひときれ放り込んだ。泉州の水茄子は手で裂いて、すぐに食べなければならないのだという。莉菜は母の体調がそこまで悪いようには見えず、それゆえ裂いてたちまち変色する茄子の内側が恨めしい。

そこでさ——

まち子は仕切り直したように背筋を伸ばし、ぐるりと三人の顔を視線で撫でた。

「そろそろカゲヤマの名前も考え時に来た。ここいらで身軽になっておかないと、いざというときに身動きが取れなくなっちまう」

ビルを整理して、持ち物を最小限まで減らし、ゆくゆくはこの家とひとつかふたつ手堅い商売を残すだけにしたい、と言うのだった。

弥伊知が表情を揺らさないのはいつものことだが、支静加もまた同じく、ゆっくりと顎《あご》を上下させるのみだ。莉菜は——自分がいったいどんな顔をしているのか想像できないまま、母の決断を消化しかねていた。まち子は皺の向こうから射るような瞳を三人に向けた。

「いつ退院できるか、退院したあとどうなるかも分からないままでただ店を休むことは出来ないんだ、これはあたしの性分さ」

おそらくヒロトもそうしたろう、とまち子は結んだ。息をふたつ吸って吐いたあと、急に母の顔になった。

「莉菜、お前もいつまでも影山博人の娘でもないだろう」

「どういう意味、それ」

「もう、充分だと言ってるんだ。それに、あたしもちょっと疲れた。弥伊知に至っては、定年で悠々自適の生活をしてたっておかしくない年なんだよ。今さらなにをと思うかもしれないが、みんな揃って自由になろうかっていう話だ。本気でお聞き」

視界の片隅で、弥伊知の肩が下がった。支静加の顎が心細げに兄に向けられる。「今さら」という言葉を遣《つか》うまち子の、覚悟とうっすらした狡《ずる》さが莉菜の返答を遅らせる。

「まち子さん、それって、カゲヤマの名前を処分するっていうことなんだね」

そうだ、とまち子が答えた。

何にでも潮時というのがある。潮目を大きく間違わなかったからこそ、まち子はこの街で生き延びて来られたのだ。

まち子が表を、莉菜が裏側を、それぞれお互いの持ち場で影山博人の遺志を継ぐことで喪失から逃げ続けてきた。まち子は咳払《せきばら》いをひとつして、湯飲みを持った。莉菜も乾いた口の中に番茶を流し込む。

「このあいだ、儀俄内の娘が店に来た。ときどき、見せびらかすみたいにたいそうな大物を連れてくる。あの女の中身は悪気で出来てるし、体を張ることも知ってる。わざわざうちの店に来る理由があるんだろう。癪《しゃく》にも思わないね、あたしたちが散々やって来たことだ」

武博が赤絨毯を踏むまで、という莉菜の計画はどうなるのか。ここに来て、まさかまち子のひと声で潮目が変わるとは思ってもみなかった。

「たいそうな大物って、誰？」

まち子の口から経済界を操るほど肥大した大手スーパーの取締役の名が漏れた。儀俄内あすみが、二期目を見据えて本格的に足場を固め始めたのだろう。本州資本にすり寄り、もうカゲヤマの名に利用価値はないという判断を、あの女は下したのだ。

「連れてきた客のなかに、武博もいた」

武博もあの女を上手く使うことに肚《はら》を決めたのだろう。

「そう」と返して、茄子を口に入れた。

「まずは、まち子さんの店をどうするか、だね。あたしも身の回りの整理を始めるから、安心して体を治してちょうだい」

「『ダニエル』のほうは支靜加に任せる。弥伊知がオーナー。いいね」

まち子があたりまえのような顔で言うと、支靜加がすっと涼しげな表情で顎を上げた。

「わたくしに、つとまりますでしょうか」

「つまんない質問するんじゃないよ」

支静加は目を伏せ、まち子に頭を下げた。弥伊知の頭もつられて下がる。

週明けから病院に入るという母が三人に命じたのは、「ダニエル」は今後弥伊知と支静加で経営してゆくこと、莉菜はいずれこの街を出てゆく準備をすること、だった。店の権利は既に譲渡の準備が出来ているという。何から何まで、まち子らしい強引さだ。

「莉菜、お前はいずれどこか好きな土地へ行って、のんびり写真でも撮りながら暮らすのがいい。ヒロトが死んでから、長いこと苦労をさせてきた。これがあたしの一生ぶんの詫びだと思ってちょうだい」

母に詫びられるほどの仕事をしてきたとは思わなかった。ビルの処分も、こう経済が冷えていてはすぐに売れるとも思えない。儀俄内の名を取り込み、松浦の名を薄め、莉菜が裏側に徹してきたのは正解だったはずだ。

いざ武博擁立となったときに、疵《きず》は少ないほうがいい。

まち子の覚悟が「カゲヤマ」の処分へと傾いた理由を、莉菜は訊ねなかった。諦めることに慣れた勘が、母の言うことを聞けと促している。

莉菜は、遠からず自分の帰る場所がなくなると気づいても、喜ぶことも悲しむこともなかった。どちらの気持ちがやって来ても、戸惑うことがはっきりしている。それならば、何も思わぬほうが楽だ。

まち子の作ったちらし寿司は、少し酢がきつい。それでも、四人で囲む昼飯は、忘れていた家族の気配を連れてくる。莉菜の皿が空きそうになったところで、横から白く細い指先が伸びた。支静加が莉菜の皿にちらし寿司を盛り、手渡す。次は弥伊知――まち子の食は、元気そうな見かけほど進まぬようだった。

ふと顔を上げると、窓いっぱいに灰色の空が広がっている。花曇り、と声に出してみれば、支静加が「はい」と頷いた。

「支静加が『ダニエル』の新しいママか。経営者って言ったって、弥伊知はどうするんだ。今さらバーテンダーでもないだろう」

いきなり水を向けられて言葉に詰まっている。支静加が鈴を転がすような声で笑い、「お料理は得意なんですよ」と言えばまち子も続く。

莉菜も一緒に笑おうと思うのだが、どうも上手く声が出ない。素直に笑えば切れ切れの鼻息に肩が揺れた。見知らぬ街の繁華街だったら喧嘩を売られるところだ。

腹をくくったまち子の前では、みなそれぞれの仕方なさに笑うしかなかった。

血液とリンパに病巣を持ったまち子が無菌室に入った半月後、「ダニエル」に顔を出した莉菜を待っていたのは松浦酒店の女将だった。

そろそろ顔を見に来てください、という支静加の誘いでやって来たのだが、そういうことかと頷きカウンターのスツールに腰掛ける。フロアにはまだ誰もいない。弥伊知は近くの駐車場に車を置きに行った。

女将は眉間《みけん》に皺を寄せて莉菜の顔を覗《のぞ》き込む。

「まち子ママのお加減はいかがですか。面会謝絶でもないのに、お見舞い禁止令だなんて。本当に行かなくていいんでしょうか」

不安そうな口調とは裏腹に、顔の色艶《いろつや》もいいし頬もつるりとしている。この二十数年で最も年を取っていないのはこの女ではないか。

まち子の病名は完全に伏せられていたし、頃合を見計らって転地療養の噂を流せばいいと本人が言う。資産の整理は税理士によって地下でひっそりと進められており、進展のあるとき莉菜に報《しら》されるという段取りになっていた。

莉菜は改めて、二十数年前の女将を思い出した。武博を身ごもったとき彼女は、新市長の妻になった。

「ああいう人だから。ひとり行けば次からは駄目と言えないってんで完全シャットアウト。シャバに戻って来たら、好きなだけ顔を見てやってちょうだい」

「武博も、心配してるの」

わずかに外した視線で、彼女がただこの名をつぶやきたかったのだと気づいて「でしょうね」とつまらない相づちを打つ。

「お正月、莉菜さんにも会いたがってたんだけれど、あちこち挨拶やなんかで忙しかったらしくて。この先は忙しくて帰省も難しいなんて言うんですよ。お役所とはいっても新人の配属先は、別名タコ部屋ですって。いったいどんなところなのか、想像もつかない」

ごめんなさいね、のひとことに含まれるさまざまな感情を、想像するのも面倒だった。まだ彼女にとって影山莉菜は使い途《みち》があるのか、それとも自分たちのすべてを知る人間の息の根が止まるのを見届けたいのか。

「あたしは、武博が政治家になったら完全引退します。そう言っておいてください」

女将の表情がぱっと明るくなった。笑顔が政治家か引退か、どちらの言葉に向けられたものなのかを考え、どちらもだと気づき、莉菜はようやく女将に笑いかける。

「武博は、影山家にとっても大事な『息子』ですから」

女将のふっくらとした頬がほんの少し歪み、目に卑《いや》しい光が点《とも》った。

翌日、莉菜は無菌室のまち子に会いに行った。

持ち物、衣服、指先、髪、莉菜も無菌に近づいて、なにやら落ち着かない。まち子は点滴の針を刺されたまま、ラジオを聞いている。目の調子が悪いのでテレビはつらいのだという。

「毎日こんな無菌の状態じゃあ、シャバに出たとき雑菌の餌食《えじき》になっちまうね」

三日にあげず母親に会うなど、高校時代以来だった。ぽつぽつと昔話をするのがいまの母の唯一の楽しみだと聞いて、仕方なく相手を務めている。

「なんだかこんなんだと、簡単に死ねないような気がしてきて、滅入《めい》るね」

「そんなにさっさと死にたい？」

「なんにでも適当ってのがあるだろうよ」

まち子が本気でそう思っているのなら、莉菜も止めたりはしない。ここの医者も最後は決してまち子の主張を退けないだろう。適当か、と肚でつぶやき、莉菜は母が手にする型の古い小型ラジオを見た。

「いま、お前のちっちゃいころのことを思い出してた。子育てなんかひとつもしてこなかったのに、あたしのことちゃんとお母さんって呼んでた。ずっと、こいつたいしたもんだなって思ってたよ」

「ばあちゃんが、そこだけはしっかりしときなさいって。自分のほうは若いうちにばあちゃんって呼ばれるようになって周りに驚かれるのが好きだったみたい」

「ああ、あの人はそういうところがあったねえ」

莉菜がまち子と暮らし始めたのは中学二年からだ。同居していたのは高校を卒業するまでのあいだだったから、せいぜい五年足らず。祖母と一緒にいた時間のほうが長かったのに、その祖母のことも、死んだあとは頻繁に思い出すこともない。生きることに長《た》けた性分と母に言われれば、なるほどと思う。

数秒の沈黙のあと、まち子が「ヒロトがさ」とつぶやいて顔の皺を鼻先に寄せた。

「はやく来いって」

皺だらけなのに、子供みたいな顔をする。

「ふたりともせっかちなことで」

死を意識した母親の前にいても、なんの感傷もなかった。まち子の望みを叶えてやるには、どうやって医者を抱き込めばいいだろう。自分の意思が欠落していることに気づいても、およそ人間らしい心持ちなど降っては来なかった。

まち子が、ヒロトと初めてこの街に降り立ったときの話を始めた。日航機墜落事故の翌日だったと、そこだけ妙にはっきりとしている。その頃の莉菜は、まち子が札幌を離れたことも知らず夏休みの終わりが近づき憂鬱《ゆううつ》になっていた。

「あの人がどうしてあたしなんかと一緒になったのか、いつも不思議でさ。女に不自由しない男ってのは、おかしな趣味があるのかもしれないねえ。だからあたしは、外にどんな女がいても、嫉妬《しっと》だけは顔に出すまいと決めていたんだ。不細工が不満そうな顔をすると見られたもんじゃないって自分でもよく分かってたのさ」

「焼きもちなんぞ焼いてる暇はなかったでしょう。まち子さんはいつも商売一筋だったし」

「それは、ヒロトがそれを望んだから。あたしはあの人に求められてるものを出すことで、ひとつでも恩返しをするつもりだった」

母の口から「恩返し」などという言葉が漏れてくるとは思わなかった。いったいどんな恩があったのかと問うた。

「ドブから拾い上げてもらった。それだけなんだけどね」

「札幌は、まち子さんにとってドブだったのか」

「いま思えば、ありがたいドブだったね。どんな窮地でも、一歩踏み出す気力があればどこでだって生きていけると思えたし」

まち子は、言葉を切りながら続けた。

「血の繋がらない娘を、ずいぶんと可愛がってくれた。死んだばあちゃんにも立派な葬式あげてくれた。みんなヒロトのお陰だ」

莉菜はいたたまれなくなった自分の心持ちが新鮮で、半ば驚きながら母の顔を見続けた。

「繁華街の鬼婆とまで言われたまち子さんが、そんな人間くさいことを言ったら、みんな腰を抜かすよ」

莉菜が茶化しても構わぬ様子で、真顔のまち子が「でも最近、どう考えても」と語尾を伸ばした。

「あの人にはあたししかいなかったと思うんだよ」

椅子から転がり落ちそうになり、両脚を踏ん張った。

あたしなんかと結婚してくれた、と受け身だったはずのまち子の一転して強気な発言に戸惑っていると、ラジオを枕元に置いた母が「なんだよその笑いは」と不機嫌な声になる。

「幸福のかたちって、さまざまだから、いいんじゃないの」

さして意味もない莉菜の応答に、まち子が満足そうにうなずいた。

「あたしじゃないと、ヒロトに家族を作ってやれなかった。なまじ顔に自信があると、すぐ飽きられちまうよ。あたしはどんなときも焼きもちを顔に出さなかったから、謎の女でいられたんだ――」

まち子はそこから点滴の液面が一センチ下がるほどの沈黙を経たあと、武博の名前を出した。

――あの子に、もう莉菜とふたりきりで会うなと言ったのはあたしだ。

同じくらいの間をあけて莉菜が返す。

――間違ってないよ。

まち子が横になりたいと言うので、莉菜は無菌室を出た。

母の、懺悔《ざんげ》とも呼べない告白が尾を引いたのか、その後二日間、一向に眠気がやってこなかった。莉菜は、毎日眺めていたはずの父の写真に、実はその息子の武博を見ていたらしい。

街を出てゆく日は、この写真も処分するのだ。

まち子はそんな娘の馬鹿に気づいて、元栓を締めたのだ。やんちゃな青年より、自分の娘のほうが信用ならないという母の判断は正しかった。その証拠に今もこうして、連絡を寄こさないのが武博の本意ではなかったと知って、気持ちのどこかが緩んでいる。

眠らなかった二日間を、莉菜は部屋から一歩も出ずに過ごした。

風呂に入り、冷蔵庫にあるものを口に入れ、さっぱり晴れない空ばかり見て過ごして初めて、母が向かおうとする先が見えてきた。まち子は、死ぬのではなく消えるのだ。それは、莉菜も変わらないことなのだろう。娘に自身の最期を言い含めて、まち子は消える。莉菜は誰にも何も言わず、消える。違いはそれだけだ。

寝室のカーテンを開けると、霧に滲《にじ》んだ夜の街に、街灯が雪洞《ぼんぼり》に似た灯りを連ねている。莉菜は台所にとって返し、冷蔵庫からドンペリの箱を取り出した。

指先を切らぬよう気をつけながら、栓を開ける。待ちかねた煙が立ち上り瓶の肌を滑り落ちてゆく。酒屋からもらってそのままのシャンパングラスを棚から取り出し注いだ。なみなみ注いで、一気に体の奥へと流し込んだ。泡が体を割いてゆくような感覚に襲われながら、莉菜は武博を思った。

一度この体に招いたことに、悔いはなかった。新しい武博を産んだという記憶にすり替えれば、この先もなんとかやっていける。二杯目もすいすいと喉を落ちてゆく。

まるでジュースだ――

まだジュースを飲んでいたころの武博が眼裏《まなうら》を通り過ぎた。

赤子から幼児、小学校、中学――そして莉菜を抱きに来たときは男になっていた。時間をかけて、武博は博人になってゆく。あらゆる面倒をなぎ倒して、父親がなしえなかった何もかもを手に入れてゆく。

ひとつ、大きく息を吐いた。殺風景な台所で三杯目を注ぎ入れる。グラスの底で生まれた細かな泡が白い糸になって水面を目指す。この酒がめでたさに好まれる理由が見えてくる。みなこの白い糸の端を摑《つか》んで上へ上へと上ってゆくのだ。上まで届く糸を摑み取れる者はほんのひと握りゆえ、とにかく確実な糸を摑まねばならない。一度底に落ちれば、再びその糸に触れるのは難しい。

リビングテーブルの上に放っておいた携帯電話が震えだし、莉菜の休日を終わらせた。

武博――表示をしばらく眺めた。取ろうか、取るまいか。話題はまち子の病状だろう。この電話を取らなければ、平穏はもう少し続く――さて。

九回目の震えを数え、莉菜は通話を選んだ。

「久しぶり、まち子さんは無事です。あたしも元気。ほかに訊くことはある？」

「俺のことは訊かないわけ」

「女将から祝い酒が届いて、いまそれを飲んでる。高い酒だが、まるでジュースだ」

武博は呆れた口調で「莉菜だよなあ」と言った。

「俺が黙っていれば電話のひとつも寄こすかと思ってたのに。莉菜はやっぱり莉菜だった」

「もっとキャリア官僚らしく簡潔に分かりやすい言い方をしなさいよ」

中学生の頃に戻ったような「うるせぇよ」が耳に滑り込むと同時に、体が数センチ浮いた。足の裏の神経が半分失われたような心許《こころもと》なさ。酒で酔ったことなどない莉菜が、空きっ腹に入れたジュースに酔っている。

「武博、この酒は酔っ払う酒なのか」

「ドンペリなんて配って、恥ずかしいったらないよ。松浦はとうとう俺を手駒にすると決めたのか、急に息子だ息子だと騒ぎ始めた」

莉菜はひとしきり笑い、声が嗄《か》れかけたところで視線を壁に移す。これは博人なのか、武博なのか――もうどちらでもいい。

「その松浦を父と呼んで、お前があいつを駒にするんだ。たいした働きは出来ないだろうが、いざというとき、合戦の時間稼ぎにはなる」

ここで儀俄内あすみの名を出すのはためらわれた。出した途端、自分がただの女になってしまうのが怖い。

「配属先はタコ部屋だそうだな、武博」

「ひでえもんだよ。夜中の十二時にカップ麺の晩飯ってどういうことだ」

それでも使い減りしない人間が、泡の糸を離さずに上を目指すことが出来るのだ。

「さっさとタコ部屋に戻りな、武博」

莉菜は変わらず立ち上り続ける泡を眺めた。

いつかする笑い話のために、この泡は糸になる。

結局

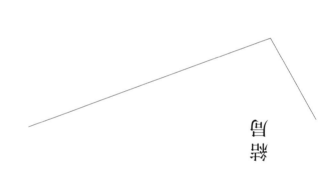

指先に挟んでひらひらさせた免許証を、武博が抜き取った。莉菜は頭ひとつ以上の背丈とその素早さに、かわしそびれた。

窓の外は日が落ちて、街灯が川面に伸びる。松の内、対岸の緑も冬枯れで色を失っていた。降ったまま溶けることもない粉雪は道の脇にたむろして、夜はブラックライトをあてたみたいに光る。

莉菜が重い腰を上げて自動車学校に通い始めたのは、まち子の四十九日を終えてからだった。真新しい免許証を眺めながら、深緑色のセーターとベージュのパンツというラフな服装の青年代議士が軽い口調で訊ねてくる。

「莉菜の部屋、十年ぶりくらい？」

「そうだったか？　別段変わってないだろう」

武博の視線が殺風景な壁に寄った。何か言いたげにしているが、莉菜からは触れない。影山博人が月明かりにシルエットを浮かばせていた写真を外してから、もうずいぶんと経った。外すことに決めたのは、まち子が最初の入院をした頃だった。

まち子は一時的に回復もしながら、入退院を繰り返し昨年の春に逝《い》った。数年のあいだに、おおかたの資産が処分出来たのは、弥伊知と支静加にいくらか商才があったからにほかならない。街の人間の表と裏を見てきた男は、美しい嫁を他者からの信頼の杖とした。また、支静加はまち子から店を譲り受けてから三年ほどで「ダニエル」の客層をひとまわり大きくした。

以前は「カゲヤマ」の敷居が高かった層が出入りすることで、薄く広い部分を共有する本州資本の企業が客についた。地元の中小企業を失った街は、大手商業施設が物流の要《かなめ》となっている。同時に、組んだ手が解《ほど》けなくなった政治と経済が、堂々と同じ場所で酒を飲めるようになったのである。

衆議院議員選挙初出馬、初当選を果たした地元の宝「松浦武博」は、表向き接点を持たない「影山まち子」の葬儀には現れなかった。父親の雄太も、現市長の儀俄内《ぎがうち》あすみも、悪名高い影山の女ボスの葬儀になど来れば、どんな噂が立ち上るかわからない。莉菜と弥伊知、支静加、夜の街の女と昔持っていたビルの店子、「ダニエル」の客でひっそりとまち子を葬《お》送《く》った。

まち子が入退院を繰り返すようになってから、莉菜の生活も変わった。

落ちぶれた――と噂されても仕方のない暮らしを支えていたのは、この街で長年感じたことのない自由だった。黒いスーツを脱いで、何日も人に会わず、好きな時間に好きなことをする。久しぶりにカメラバッグを抱えてふらりと出かけた際、かつてないわがままの通る生活が、物理的な「ひとり」だと気づいて笑いが起きたほどだった。

「莉菜が運転ねえ。想像も出来ないな。本当に前に進むのか、その車」

「これでも、弥伊知の折り紙付きでね」

自動車学校に入る前に弥伊知の特訓を受けたばかりに、教官の受けはすこぶる悪かった。

仮免と本免の技能試験、両方で三度ずつ落ちたことは黙っている。

武博が免許証を莉菜の手に戻した。一瞬触れた指先には体温がなかった。けれど思いのほか動作が柔らかく、素早くも遅くもない手つきだ。なるほど政治家とは、ふざけた場面でもそつのない動きが出来る人間がなるものだったなと腑に落とす。

手にした免許証の顔写真は、愛嬌のかけらもなかった。頬がそげ目は明らかに疑いを含みこちらを睨んでいる。いい年の取り方とは言いがたい顔立ちの、五十を過ぎた女である。

ぼんやり眺めていると、武博がどうかしたかと訊ねてきた。

「若き代議士様のお手に触っちまったなと思って」

「そりゃ、強運のお裾分《すそわ》けだ。ありがたく受け取っといてくれ」

政治家がやたらと頭を下げて歩くのは見ていてどうにも胡散臭《うさんくさ》いが、武博はその点では容姿と態度に差異を感じさせない天賦《てんぷ》の才があるようだ。不敵な笑いを浮かべても、無表情となっても、人の思惑を自分という型へと引き寄せる。

「親父もこっちに戻ってきてるんだろう。相変わらずトンビがタカを生んだとか言いながら年明け早々馬鹿騒ぎしてるんじゃないか？」

莉菜は冷蔵庫から惣菜のパッケージを取り出した。

夕食にと用意してあった惣菜は、シーザーサラダとローストビーフだ。どちらも、スーパーで買い求めたパックに入っている。いつも皿には移さずそのまま食べる。

「相変わらず色気ねぇなあ――俺の分は？」

「お前はこんなところで飯を食ってる暇なんかないだろう。さっさと家で着替えて後援会の機嫌取りに行きな。今日は大事な婚約発表じゃないか」

新聞もテレビも報じることのない、松浦武博の舌打ちを聞いた。莉菜はなにやら可笑《おか》しくなり、声をたてて笑った。

「俺は今まで莉菜の命令どおりにやってきた。いたいけな青年にその言い方はないだろう」

「誰がいたいけな青年なんだ。政治家は自分のことを俺なんて言っちゃあいけない。どこでお里が知れるかわからないんだからな」

吐き捨てるように「お里なんてねぇよ」と言った言葉とは裏腹に、武博の頬には明るさと笑みがある。人の期待を背負った人間が浮かべる、諦《あきら》めを含み自信に満ちた笑顔だった。

それにしても、と武博が続けた。

「駅前は老人施設ばかりになったな。介護付きマンションとコンビニと銀行ばっかりだ。たいして使われることもない駅を拠点にするから話がややこしくなるんだ。とうの昔に駅前の開発を間違ったんだ。誰も認めないままノスタルジーに酔ってる典型的なケースだ」

「お前が、早くそういう発言が許されるような政治家になりゃいい」

調子にのった武博が、国会答弁よろしく腹から声を出す。

「この街は、流れてる。内側から、溶けるみたいに外へ外へ。むかし人間が徒党を組んで流れ込んで来た場所が、高級姥捨《うばす》て山になってる。成長と衰退のかたちとしては、ある意味正しいんです」

弁舌爽《さわ》やかとは、この青年のためにある言葉だろう。莉菜としてはこの演技がまがい物を超えて固まってゆくのが本懐だ。

「その調子。もっと政治家っぽく吹かしてみせたらいい」

高級姥捨て山――それこそが、現市長儀俄内あすみの本懐なのだった。

全道、全国に「終《つい》の暮らしを釧路という異国で」のキャッチフレーズで名を売った女市長だ。商業施設が軒を連ねていた通りは、そこで暮らすことがステイタスになっていた人間の計り知れないやっかみを埋め立て、確かに立派な姥捨て山になっている。

羽田から飛行機で一時間半。なにかあれば駆けつけられるが、普段は遠い場所としていくらでも「行けない理由」がまかり通る。親に好きなことをさせつつ、自分たちも羽を伸ばせる若い世代の、ここはしがらみを捨て合うための都合のいい楽園となった。

「内地の年寄りが、向こうじゃ到底手に入らない贅沢《ぜいたく》なマンションをこっち価格で手に入れて、毎日巡回バスで郊外のスーパーに出かけて、映画観て好きなもの食べて暮らしてる。マンションに地元の人間はほとんど入ってない」

経済が冷え込み始めてからの街には、駅前通りに出来たマンションを買う金も映画とショッピングと旅で残りの暮らしを埋めるだけの余裕もないのだった。

だろうね、と頷いた武博の横顔が青年政治家のそれになった。

それより――莉菜は話題を武博の結婚話へと変えた。これから地元にお披露目《ひろめ》という日に、触れないのも却《かえ》っておかしい。

「幹事長の娘とは、お前もたいしたもんだ」

今度は男の顔をして「見せてやろうか」と片方だけ口の端を上げる。見たくもないが、話を合わせた。スマートフォンの画面に現れた女は、いかにも高そうな本振り袖を纏《まと》った棘《とげ》のない顔立ちだ。「まぁまぁじゃないか」とおだててみる。武博は吐き捨てる一歩手前の不機嫌さを隠さなかった。

「あすみがずいぶんと通ったようだ」

儀俄内あすみと武博の父親、松浦雄太が手を組んだという話はもうすでに周知のこと。ふたりが持てるつてをすべて伝って手に入れたというのなら、幹事長の娘は武博を持ち上げきる計画の頂点だ。

「大事な婚約者を放っておいていいのか？」

「あすみとおふくろの三人で、今後の相談をしてる。俺が近くにいちゃ、全員が居心地悪いだろうさ。狸婆《たぬき》さんづくしには、慣れた女だよ」

あすみは武博に翻弄された自分の体の流れる先を見定めて、若い肉体に高いラブドールを与えたのだろう。なるほど、人形だと思えばこんなにいい働きをするものもない。製造者であり持ち主は、現幹事長である。立場と面子《めんつ》にかけてもおかしな男に譲りはしない。

「で、式はいつにするんだ」

「向こうの親父さんの都合がいちばんいいとき」

お互いを駒にして、娘だろうが息子だろうがちょっとでも飛びそうなものは鉄砲玉として使い倒す。遠い昔、それが彼らのやり方なのだと教わった。しかし街と同じく、時代も溶けたり固まったりを繰り返し、山から吹き出しては流れる溶岩だ。

すべてが冷え込んだところで動き出す山が、新星の松浦武博なのだろう。

長く温めてきた本願が、とうとうかたちになろうかといういま、莉菜は力を失い穏やかだった。もう武博を押し上げるために自分が出来ることはないのだという諦めと、これで良かったのだという思いが春先の雪のようにふらふらと舞いながらつま先近くで溶けてゆく。

「武博、一杯どうだ」

竹鶴のロックをくれと生意気なことを言って莉菜の笑いを誘う。初めてこの部屋にやってきたときと変わらぬ表情だ。いつの間にかぼやけた映像となったヒロトを、記憶の底から引っ張り上げる。戸惑うほどの軽さ——まち子が莉菜の荷物のおおかたを持って逝ったとしか思えなかった。

戸棚からウイスキーの瓶を取り出し、氷を入れたグラスに注ぎ入れた。あと一歩で炅がかかりそうな場所で武博が「ダブルで」とつぶやく。

「ダブルもトリプルも目見当だよ。そんなところであたしに正確さを求めちゃいけない」

ひとくち飲んで、武博がもっともらしい顔つきになった。

「正確さなんてのは、ただのよりどころだからな。タコ部屋時代に、つくづく思った。いいわけを押し通す材料としての『正確』を朝から晩までため込むんだ。人間の勘と間違いをデータでどうにかしようとするから、いつまで経ってもつまらない議論が終わらない。勘を押し通すだけのカリスマ性ってのは今の時代、死に体同然なんだ。誰も責任を取れない世の中なんだよ」

婚約者の父親、現幹事長の言葉を借りれば、というオチがついた。自嘲気味の言葉を漏らし、武博のグラスはあっという間に氷だけになった。

「ああだこうだ言ったところで——」

一拍おいて放たれたひとことに、莉菜はロックグラスを持つ手を止めた。

俺には白と黒しかないのにな——

耳を疑うとは、こういうことなのだろう。もう一度そのひとことを聞きたくて、耳が遠いふりをした。

「勘って、二択なんだよ俺にとっては。右か左、上か下、白か黒か、それしかない」

「お前それは可能性の否定だろう。世の中、真ん中ってのがある——安定を守るのも力の要ることに違いないよ」

こちらを見下ろす武博の目がふと細くなった。莉菜は変わらず、遠慮のない言葉を放る。

「選択肢をふたつに絞り続けると、お前は政治家として短命だ。死に体同然は、案外お前の方かもしれないぞ」

「なんだよ、その言いかた」

部屋にやってきてから、初めて感情をこぼして見せた。ふざけたふりが届かない。松浦武博の弱点に、本人がすでに気づいているということだ。

「お前は誰にものを言ってるんだ？　腐ったって死んだって、あたしは影山莉菜なんだ。忘れちゃ困る」

白と黒しかないのなら、敢《あ》えて灰色の道を歩まねばならない——両方を見て双方を見ない方法を、いまこの若者に伝え教えるのは莉菜しかいないのだった。

武博には、王道を歩ませなくてはいけない。最後の仕事がうっすらと輪郭を持ち始める。

莉菜は気づかぬうちに笑っていた。

武博が、台所の調理台に不機嫌な音をたてグラスを置いた。

「帰る」

「次は幹事長のお嬢も連れておいで」

そんなことは叶わぬと知りながら、すっかり広くなった背中に向かって放った。

武博はこのまま、捨てるために使い倒さねばならぬ父親や、溺愛と嫉妬でがんじがらめになった母親や、血統書付きのラブドールや、人形使いたちのところへ戻る。莉菜は自分の描いた図面を、遠くから目でなぞることしか出来ない。

玄関へ向かう武博がつと立ち止まり、振り向いた。その視線が、壁で止まる。

「なんで――あの写真を外したんだ」

莉菜は上手い言葉が浮かばず、かといって無言は面倒な答えであると思い、短く「飽きたんだ」と応えた。

「そうか」

感情を消し去った声が返ってくる。部屋を出て行く武博の不満は、細かな塵《ちり》となって台所の一角に積もる。

ローストビーフをひときれ口に入れた。わずかに筋がある。口当たりの悪いパックに当たったようだ。

——どうりで安いと思ったんだ。

独り言が板についた。莉菜はそんなとき近くにまち子がいるような気がする。ロックのウイスキーをもう一杯腹に入れた。

——まち子さん、あの暴れ馬はどうやったらまっとうになりますかね。

——お前がとやかく言うことでも出来るものでもないだろうよ。

——そりゃ分かってますけどね。

——黙って見てるのが自分の役目だと、肚《はら》をくくったんじゃなかったのかい。

返す言葉もなく、溶けかかった氷にまたウイスキーを注いだ。


翌朝、思い立ってカメラバッグを助手席に乗せて車に乗り込んだ。

沿道は薄い雪の上に熊笹や葦《あし》が顔を出しているが、道路は乾いている。スタッドレスタイヤがもったいなくなるほど、この冬は雪も氷も少なかった。

空を撮るには山がいい。乾いて冷えた空気を撮るために莉菜が選んだのは、市の中心から車で二時間弱内陸へ入った、阿寒《あかん》湖畔だった。運転は嫌いじゃない。輪っぱの角度で行き先を決められるのも、面白い。弥伊知に言わせると「運転は性格そのもの」ということだが、莉菜の場合とりたてて荒い感じもないという。

山奥へ入っても「市内」ということに多少の違和感はある。あっちもこっちも合併して、遠い市内と真ん中にある別の町、という不思議も、この土地の船頭が多すぎることを顕《あらわ》している。

阿寒湖はすでに凍って雪が積もっていた。ところどころに子供の帽子に似たテントが張ってある。スノーモービルから伸びたロープにはバナナボートが繋がれていた。雪原を飛ぶ勢いで進むボートには、色とりどりのウェアを着込んだ親子連れが乗っている。

煙ひとつ出したことのない雄阿寒岳、噴火秒読みといわれる雌阿寒岳――この土地では山でさえ男は怠け、女が働く。誰の言葉だったか。

莉菜は雪原を取り囲む山々と空にカメラを向けた。太陽はもう何時間もしないうちに西側の山に隠れてしまう。冷えた空気が耳を切り裂きそうだ。しっかりとした冬装備で来なかったことを悔いながら、湖面に張った氷の上に立った。夏場は青々としたカルデラ湖である。湖から宿へと戻るのか、親子連れや色とりどりのウェアに身を包んだ男女とすれ違った。さんざん遊んだのか、頭から湯気を立ち上らせた若者が意味のない「やばい」を連発している。

――まさか氷が割れるとは思わなかったよな。

――どんだけフロストフラワーが見たかったか知らないけど、ガイドなしで行くのは無謀だよ。

フロストフラワー、という名前が妙に耳に残った。どうやら、彼らの仲間の誰かが湖の絶景を探している際に氷が割れたらしい。空と雪原に向かっていた体を、くるりと反転させた。一緒に宿に向かうふりをしながら、白い息の会話の調子から、仲間の命に別状はなかったことが分かる。三人で出かけたことが不幸中の幸いだったようだ。

手がかじかみ、頭が冷え切って芯が痛み始めた。内陸の気温をなめていた。シャッターを切るのも困難になり急いで車に戻った。

駐車場に停めた車のフロントガラスは、一時間に満たないあいだに真っ白に霜《しも》が着いていた。エンジンをかけ、デフロスターを吹き上げてじわじわとフロントガラスの曇りを解く。

十分——シートの暖房機能のお陰で手に感覚が戻ってきた。

スマートフォンで「フロストフラワー」を検索してみる。

——真冬の冷えた朝にだけ見ることが出来る、湖上に咲く霜の花。

——マイナス十五度以下で無風、が条件。

午前零時を過ぎて冷え込みにあわせてだんだんと育ち、手のひら大になるという。霜が結晶を育てて白い花へと姿を変えてゆく写真が何枚もアップされていた。へぇ、と声が出る。次々に現れる霜の花の画像を見ているうち、スマートフォンが震え出した。

弥伊知か——

暖房を少し弱めて、音を低くしてから電話を受けた。何かあったかと問うと、一拍おいて「いいえ」と返ってくる。勘のいい弥伊知は、莉菜が自宅にいないことに気付いたようだ。

「ご都合の良い時間に、ビーフシチューなどお届けに上がろうかと思いますがいかがでしょうか」

「弥伊知が作ったのか」

「ええ、うちのが焼いたフランスパンもお付けします」

たまにこうして莉菜の様子を窺《うかが》いにやってくる弥伊知だが、決して部屋には上がろうとしない。そこは、運転手をしていた頃となにも変わらないのだった。

「弥伊知、フロストフラワーって知ってるか」

「阿寒湖、でしたか」

「なんだ、知ってたのか」

申しわけありません、という言葉が気に入らない。弥伊知の運転する車の後部座席にいた頃は不機嫌を隠しもしなかったが、いまはもうその時間といまの不機嫌を同じ皿に並べて懐《なつ》かしむくらいになった。

「阿寒にいらっしゃるんですか」

「もう帰る。寒くてかなわない。戻ったら連絡する」

画面に再びフロストフラワーの画像が現れた。手のひら大まで成長できるのは花にとって運の良いことであるという。息を吹きかけるだけで散ってしまう儚《はかな》さが、危険を知りながら近づいてゆく動機にもなるのだろう。

無理矢理溶かしたガラスの霜に数回ワイパーをかけて、莉菜は街へと引き返した。

弥伊知の第一用件がビーフシチューではないことは容易に想像がついたものの、その日の夜中に再び黒いスーツを着る羽目になるとは思わなかった。

――お気が向いたら、ということでよろしいんです。会わない理由はいくらでもございます。わたくしからお伝えしますのでご安心ください。

――松浦があたしに会いたいという理由は、お前も聞いているんだろう。

弥伊知が言葉を探しているあいだに、会うことを決めた。

久しぶりに訪れた「ダニエル」では、コンパニオンの女の子はおらず、和服姿の支静加がひとりで莉菜を迎え入れた。

客は松浦雄太と秘書のふたりだ。腹違いの妹というのは、この女か。そげた頬は百貨店の古いマネキンを思わせる。しかしその眼がどうにも昏《くら》い。長く松浦の秘書として身の回りの世話をしていると聞いたが、兄よりずっと年老いて見えるのはどうしてだろう。痩《や》せぎすの、色気のかけらもなさそうな瞳と、長い指先を持った女だった。

「弥伊知、今夜はこの面子の貸し切りか」

「そういうことでもございませんが」

弥伊知はすっかり白くなった頭をまったく揺らさず、莉菜を上座に座らせた。松浦は自分が下座に着くような席が減ったとみえて、一瞬不快そうな顔を見せたがすぐにへらへらとした笑みを浮かべ、立ち上がって頭を下げた。

「どうもどうも、こちらの都合でご足労をおかけしました。お久しぶりですね」

黙っていると、横から秘書が名刺を差し出した。

『松浦千雪《ちゆき》』

「先代の影山氏には松浦ともども大変お世話になりました」

あるかなきかの矢印が影山博人を軸にして四方へと飛んだ。この女も、いっぺん骨抜きになったくちだろうか。莉菜が知る限り、女としてヒロトに翻弄されなかったのはまち子だけだった。いよいよ今際《いまわ》の際が近づいてきたころまち子の口から「戦友」のひとことが漏れて、鈍《にぶ》い娘もようやくふたりの関係に折り合いがついたのだった。どうして結婚してくれたのか――近づいてくる死と再会を前にしてまち子はこの世の最期まで自分の居場所を探し続けていたのだ。

母が手に入れた瞳の輝きを思い出せば、この女の目はとうに死んだ者のように濁っている。身びいきか。いや、違う。

「いかがですか、悠々自適、快適な引退生活は」

女の使った「引退」のひとことに嫌な場所を触られながら、莉菜は無言を通す。松浦はといえば、毎日何を食べているものかてらてらとした脂顔だ。店内には低くスローなジャズが流れていた。

どうにもこうにも、このふたりが莉菜を過去のものにしたいことが伝わり来て、片頰が持ち上がりそうになる。わざわざ呼び出して嫌みを言うとは、よほどのことがあるらしい。幸い莉菜の方にはこの男にも女にも、会わねばならぬ用向きはないのだ。

「まああだ」

ふっと向かい側の空気が緩んだのを見逃さなかった。いったいなにを探りに来たものか。支靜加がそれぞれのコースターに水割りのグラスを置いた。莉菜は自分のグラスを持ち上げ、乾杯もせずに口に運んだ。これが今夜の答えである。

「いやあ、ほんとに、先代にはお世話になって。奥さんもお若かったですなあ。まことに残念でした。葬儀に伺うことが出来ず、申しわけなかった」

決して莉菜に世話になったとは言わない。松浦が、酒で緩んだ空気をつつき始めた。女が半分体を退いて、自然に松浦が前に身を乗り出す格好だ。身を乗り出し、下からのぞき込むようにして話すのは、この男の癖らしい。引退を連発する理由と心算が漏れ出てくるのを待ってみる。こらえ性がないのは、今夜呼び出した側とはっきりしており、莉菜の歩調は変わらない。

「こちらは、ご不幸のあった影山家には申しわけないほどにいいこと続きでしてねえ。お聞き及びかと思いますが、息子もこれ以上ない縁談がまとまりました。うちの女房は舞い上がって大変なことになってますよ。いや、本当に申しわけない」

松浦はどうでもいい自慢話をひとつふたつ披露したあと、このあとは自分も国政に足場を移そうかと思っているのだと、さんざんもったいをつけ、そこだけ早口になった。

「いまごろ国政へ、とはいったいどういうつもりで？」

一瞬気色《けしき》ばんだものの、莉菜の挑発には乗ってこない。

「ええ、まあいろいろ考えた末、もうひと花ってところです。参院選――ない話ではない。そんなことは影山さんがよくご存じのことでしょうけれども」

「今後は息子を立てて行くつもりじゃなかったのか。誰がお前を公認するんだ」

「武博も、いやだとは言いませんでしょう。後ろ盾もいます。長年育ててもらった恩を忘れるような極道ではないはずです」

つまらないところで「極道」などという言葉を使う男の瞳が、ゆらりと揺れた。まっすぐに莉菜を見据えることのできない余裕のなさ。そろそろ本題に入りたいのは見え見えで、グラスが瞬《またた》く間に空いた。

松浦が両唇を二度、三度と舐《な》めたあと、背もたれに体を預けた。

「あいつはファミリーの束の一本なんですよ」

「どういう意味だ」

「こう見えてもわたしは父親ですからね」

男の顔が卑《いや》しくゆがんだ。数秒おいて、何が言いたいのかと訊ねてみた。向こう岸から吹き着く長い鼻息を避ける。

「あれの顔を見てくださいよ。ただのひとつもわたしに似たところはありません。おどろくほど女房にかたよりました。嫌な噂が立つほどですよ。トンビとタカと言って笑いを取ってはいますがね」

好きなだけ、スローなジャズを聴いていよう。松浦の次の言葉がどんなものでも、さほど驚きはしない。

「まあ噂は噂として、わたしは親として全力で息子を守れば、それでいいんです」

「いい話じゃないか」

「ええ、いい話にする方法も悪い話にする方法も、そちらにはずいぶん学ばせていただいたのでね」

松浦の声が低くなった。

「あれの父親はわたしです。でも、どこの馬の種かをわたしがちょっとでも漏《も》らしたら、どうします？」

莉菜はグラスの中身を一気に空けてみせた。

娘をくれてやる男の親がどんな人間か、地元の情報を含めた松浦武博における一連の「身体検査」は娘と会わせる前に終わっているはずだ。間違いなく、一族郎党丸裸になっている。

今さら影山博人をいなかった人間にしたところで、その存在はとうに知れているだろう。幹事長が「どこの馬の種」かを知って安堵《あんど》している顔を思い浮かべた。

問題は、そんなことにも思い至らずに自分にも運が回ってきたと勘違い出来るこの男の馬鹿さ加減だった。

「さあね」

松浦が眉《まゆ》と顎《あご》の角度を変え、ひとつ咳払《せきばら》いをする。隣の女は表情ひとつ変えずに、生きる死体を演じている。

「影山家のお嬢さんならおわかりでしょう。あれの父親について、世間に本当のことを言ったら——どうなるかくらい」

「お前も同時に沈む。それだけじゃないのか」

満足そうに頷いた松浦は、よほど喉《のど》が渇くと見えてどんどん濃くなってゆく水割りを、水のように喉に流し込んでいる。

「そうですよ、分かってます。だからこうして忙しいところを時間を割いて、すっかり落ちぶれたあんたにひとこと言っておく必要があったんだ」

昔から、松浦が酒につよい話は聞いたことがなかった。面白いくらい、気が大きくなっている。笑い出したいのをこらえ、莉菜は松浦の演説を聞いた。

「今さら武博について、つまらん権利の主張なんぞされても困りますから。あいつの神輿《みこし》を担いでいるのは我々だと、しっかり言っておかなけりゃ。あんたがおかしなことを言い出したら、わたしは自分と息子の息の根を止める。それだけは覚えておいてもらいたいと思いましてね」

「松浦、なにを言ってるのか、あたしにはさっぱりわからんね。ここは寝言を言う場面じゃない。権利がどうのと言うのなら、あたしにはもう一票分の価値しかない」

松浦はふふんと鼻で笑ったあと満足した風で立ち上がり、上着のポケットから取り出したティッシュに痰《たん》をひとつ吐き出した。

「分かっているならいいんです。それじゃあ、わたしたちはこれで。まあ、うちのボトルを空けてくださってけっこうですから、ゆっくりしていってくださいよ」

動いただけでギスギスと音がしそうな、松浦千雪が後に続く。見送りがてら立ち上がったところへ、不意に女が振り向いた。

「お手間を取らせました」

女の手がバッグから何かを抜き取る。身構えたところへ、A4の茶封筒が差し出された。千雪の目が今夜初めて開いたような、不思議な光りかたをした。千雪は莉菜に早く受け取るよう急かしている。無言で受け取ると、兄の背を追って「ダニエル」を出て行った。

「弥伊知、なんだったんだ、ありゃあ」

「さあ」

弥伊知は首を傾げ、支靜加は黙ってテーブルを片付け始めた。店内にアレンジのきいた「Fly Me to the Moon」が流れ始める。莉菜の脳裏をヒロトが立ち止まりもせず通り過ぎた。松浦の幼い欲望と思いつきは、莉菜を腹の底から笑わせた。カウンターのスツールに腰掛け、千雪から受け取った封筒の中を覗く。中身は何かと問う弥伊知に「ノート」と告げた。

取り出してみれば古い大学ノートだ。表紙をめくると、何段にもわたり癖のある字で名前と数字が書き込まれてある。日付と金額——松浦が市長に初当選した当時のものらしい。もう死んでしまった街の有力者や、姿形もなくなった企業の名前が続いていた。

莉菜は弥伊知にこのノートの存在を知っていたかどうかを訊ねた。

「存じ上げませんでした」

まち子もヒロトも、こんなものを残したりはしない。裏側の金のことなど、頭の中に書き込んで、決して人目に触れるようなことはないだろう。

「当時はずいぶん羽振りが良かったんだな」

弥伊知が意味なく頭を垂れる。なぜ松浦千雪がこんなものを持っていたのか、どうして莉菜に渡すことになったのか考えた。

松浦雄太には気づかれぬよう置いていった千雪の、半分死人のような昏い目が過《よ》ぎる。驚くほど政治に興味のないまま票取り合戦だけを生きがいにしてきた男と、その男に人生の大半をつぎ込んできた女の組み合わせは、兄妹にせよ夫婦にせよどうにもならない仕方なさにまみれている。

市長に初当選したばかりならいざ知らず、今さら何の役にも立ちそうにないノートだった。出所が不明では、誰のいたずら書きかも分からない。市長選挙当時の不正が明るみに出たところで、書かれた人間のうち半分が死人となったいま、誰にどんなうまみがあるだろう。ネットが騒ぐとすれば、それが松浦武博の父親であるという事実——そこか、と顎を揺らした。

莉菜は空白の頁が多い大学ノートをぱらぱらとめくってみる。最後の頁に走り書きを見つけた。

『武博を』の三文字のみ。筆跡はノートをつけた者とは違っている。武博が、ではなく、武博を——どうしたいのか。本当にこんなノート一冊で天地がひっくり返ると思っていたのなら、あの女が兄に傅《かしず》くつまらない人生を歩む前に自分で使えば良かったのだ。

莉菜はノートを封筒に戻し、カウンターに帰ってきた支静加に渡した。

「捨てていい。ただのゴミだ」

支静加が「はい」と言って封筒を受け取る。弥伊知がまた、意味なく腰を折った。莉菜はその鬱陶しい巨体に話しかける。

「もうひと仕事するか、弥伊知」

阿寒で見た空の色と、多くの条件が合ったときにしか湖面に咲けない霜の花を思い浮かべる。武博が心置きなく咲く条件を揃えるのは、気象ではなく莉菜である。花にはできるだけ長く咲いていてもらわねばならない。

冷えた空の下、湖面に咲く霜の花こそ武博にふさわしい。摘《つ》み取ろうとすればあっさり足場を失う場所にしか咲かぬ花――なにもかも父親にそっくりだ。

「わざわざ呼び出した上、つまんない宣戦布告とはな」

松浦だけをすっきりと消すのもいい。半分死んでる千雪とふたり、まとめて消えてもらうのもいい。

支靜加がカウンターに莉菜のグラスを置いた。ひとくち舐める。本物のスコッチだった。

結婚式のあと――か。

莉菜のつぶやきが聞こえているのかいないのか、弥伊知が指の骨をぽきりと鳴らした。

テイクファイブ

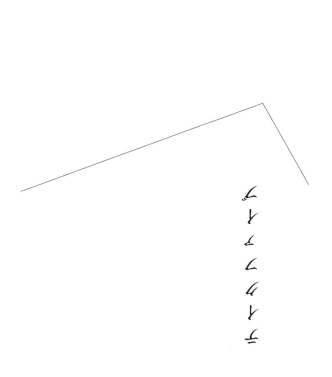

夏の終わりを告げるゆるい風が崖の下から吹いてくる。墓地の高台から見る海は白波も立たぬべた凪《なぎ》で、黒曜石の色で横たわっていた。

莉菜は父母の墓に、火を点けた煙草を二本置いて手を合わせた。一歩後ろで、弥伊知が腰を折る。人生最後の墓参りだった。

風が、煙草の煙を運んでゆく。莉菜も一本口にくわえ、火を点けた。海に視線を投げたところで、弥伊知が折りたたんだ新聞を差し出した。日付を見ると昨日だ。

『松浦武博代議士、亡き父に誓う』

地元新聞が父親の事故死に寄せて取ったコメントは「地盤を守りこれからも父の遺志を受け継いでゆく」といったありきたりなものだ。死んだ父親よりも扱いが大きいのは仕方ない。

一週間前、海中に沈んでいた車から現役道議会議員松浦雄太と秘書で妹の松浦千雪が遺体となって発見された。それぞれの生い立ちから、街には「無理心中」の噂が流れているものの、事故原因は「ハンドル操作の誤り」として処理されている。

秘書が下着を着けていなかったことも、松浦がワイシャツ一枚で沈んでいたことも表には出てこない。ふたりが折り重なったまま沈んでいけたかどうかは、莉菜と弥伊知も知らぬところだ。

未だに人目を避けながら会っていた頃が懐かしいのか、それとも単にホテル代をケチったものか。ずいぶん前から死人のような目をしていた妹が、最期に何を思ったかを想像するのは趣味が悪い。わけも分からぬうちに絶たれる命の意味を知っていたのは、妹のほうだろう。

「若き政治家のコメントとしては八十点、ってとこかね」

弥伊知は答えない。耳に貝殻の奥を思わせる風が吹き寄せて、莉菜は新聞を弥伊知に返した。拙《つたな》い欲望を口に出したばかりに、今まで積み上げたものがあっさり手からこぼれ落ちるのは世の習いだ。

墓石には「影山家」としか入れていなかった。先祖代々之、というのはおかしいだろうと言ったのはまち子だ。

――あたしはヒロトの親を知らないし、ひとり娘だっておそらくここに無事に入れたら御の字だろうし、墓石に嘘を彫る必要もないだろうしね。

――じゃあ、なんでこんな石の下にヒロトの骨を納めるわけ。

――ここに堂々と入ることのできる女があたしだけだというエゴだよ。

迷いのないひとことが貝殻の奥から聞こえてくる。最後の仕事を報告し終えて、莉菜が街にいる理由も潰《つい》えた。墓に手向《たむ》けた煙草の火が途中で消える。さようならの合図だ。

「弥伊知、マンションの名義はすぐに変更できるようにしてある。書類はテーブルの上に置いておくから。支静加によろしく伝えてちょうだい」

弥伊知の革靴の下で砂利がじりじりと音をたてた。本気ですかと問われ頷く。

「武博はもう自分の頭でそのときにいちばんの選択ができる。女で失敗するような阿呆でもないし、金に目がくらむ馬鹿でもない。あいつを脅す人間はもういないし、そろそろあたしも本気で引退だ」

「どこへ、行かれます」

「そんなこたぁ、あたしにも分からない。どこへ行くというより、すっきりと消える」

数秒、お互いに黙り込んだあと、弥伊知が言った。

「どこにいらしても、年賀状をいただくことはできませんか」

「なんでいきなり年賀状なんだ」

「支静加が、それだけをお願いして欲しいと申しております」

朴念仁《ぼくねんじん》の弥伊知にはできすぎた女だ。年賀状には消印がない。生存確認として最低限。とりあえずイエスと言わせるくらいの情報のなさだろう。

「わかった。支静加宛てに、年賀状を出すよ」

別れの挨拶《あいさつ》の締めが年賀状の約束とは、湿っぽいのかおおらかなのか——思わず笑えば、支靜加の計らいに間違いのないことがわかる。

歩き出した莉菜の後ろを弥伊知がついてくる。それぞれが別の車に乗り込み、莉菜が先に墓地の坂を下りた。

海岸線を抜けて川縁のマンションに戻る。ガソリンは満タンだ、これでしばらくは走ることが出来るだろう。

部屋に入れば、掃除したての洗剤のにおいが漂っている。塩素系漂白剤がまだ目にしみる。少ない家具はそのままにして、いつ誰が住んでもいいくらいに磨いておいた。もう、クローゼットにも衣類は入っておらず、莉菜がここから消えれば何もかもが終わる。影山博人も妻のまち子も、娘の莉菜も、実体のない過去の噂に変わるだろう。

冷蔵庫からとびきりのシャンパンを一本出した。栓を抜き、プラスチックカップに注ぐ。酒に酔わない人間がこんなものを飲んで、いったいなんのパフォーマンスかと問うてみる。

旨《うま》いもんは、旨いだろう——

喉の渇きが癒《い》えたところで、空のベッドからキャリーケースとバッグを床に下ろした。ベッドの上には荷物に入れずにおいたままの封筒がひとつ。中にはネガフィルムが入っている。まだ一眼レフ片手に写真家を気取っていた若いころ、パリの橋で影山博人を撮ったときのものだ。

こんなものを後生大事に持っているとは、ヒロトもあの世で苦笑いだ――

初めての個展会場で、入口の正面に飾られた一枚だった。大きく引きのばした自分のスチールの前で刺されて死んだ――あたしの父。

莉菜は、このベッドで父にうりふたつの息子を抱いた。思えばあれが、今日まで生きながらえたこととの報酬だった。墓場ではなにひとつ語りかけなかった莉菜の裡《うち》に、ヒロトへの言葉が湧いてくる。

ヒロト、ぜんぶ終わったんだ――

あんたの息子は、あんたが想像したよりずっと父親似だった――

何もかも、望みどおりだよ――

封筒をパーカーのポケットに入れた。

さて、消えるか――

カーテンを外した窓からは、朱色に染まる河口が見える。橋の上に、数人の観光客がカメラ片手に並んでいた。完全に陽が落ちたら、莉菜は街を去ることに決めている。夕日のショーは、刻々と海に向かう太陽が血色になったところでクライマックスだった。残照も長くはない。ひとときのさびしさは、ひとの欲望のいったいどのあたりを刺激するんだろう。もう何十年ものあいだ、不思議な思いで眺めていた景色に幕が下りる。

ショーが終わり、橋の上にいた観客たちも歓楽街へと向かい始めた。ふっと息を吐いて、キャリーケースを転がし部屋を出た。

荷物を車に積み込んだあと、思い立ってそのまま橋まで歩いた。暮れてしまうと、秋風がもう寒いほどに吹き寄せてくる。潮と魚と、どこからか油系燃料のにおいがする。パーカーのファスナーを上げて、ジーンズのポケットから煙草とライターを出した。

橋の中ほどで足を止め、辺りを見計らい煙草に火を点ける。吐いた煙はたちまち風にかき消された。飽きるほど見てきた黒い川面《かわも》に、今日も金色の街灯が揺れる。川に投げ捨ててきたすべてのことがらに、吸いかけの煙草を放った。

パーカーのポケットからネガフィルムの入った封筒を出した。もう、どんな重みも莉菜の手に伝わっては来なかった。封筒を持った右手を欄干《らんかん》から差し出し、指の力を抜いた。なかったことにするのは、とても簡単だった。

さて、とジーンズの尻に差し込んであった携帯電話を抜き取った。上手く消えるためには、こんなものがあってはいけないだろう。誰とも繋がらないことを知るための道具には、どんな記録も残っていない。番号を変えずにいたのは、莉菜の体に残った最後の弱さだった。

莉菜は記憶しているナンバーを押した。待つ暇もなく武博が出た。

――忙しいときに、いちいち出るんじゃないよ。

――久しぶりに寄こした電話で、それかよ。

――話し方には気をつけろ。お里が知れる。

いまは公用車で移動中だという。武博の声は明るい。体からすべての枷《かせ》が消えて、莉菜が相手でガードが弛《ゆる》んでいるようだ。

――新聞のコメント、らしいじゃないか。

――あいつは最後になんて言ってた？

――知らんね。

――おかしな噂は四、五日で消えるだろうから、心配ない。

莉菜はふと、わざわざ自分が手を下さなくてもこの子が自ら父を手に掛けたかもしれぬと思った。そして、自分は駒として使われたのではなかったかと疑い、すぐさまそれが確信に変わる。

――莉菜は、そこを動くなよ。

――そこって、どこ。

含み笑いの武博が目に浮かぶ。この子はまだまだ甘いのだ。影山莉菜が考えそうなことは見当がついても、結局それだけだ。

「四十九日には一度釧路入りする」と告げられ「わかった」と返した。通話の切れた携帯電話を、思いきり放る。夜の川面へ向かう画面から光が消えた。

つま先をマンションへと向け、数メートル歩いたところで背後に人の気配がした。背中で距離を測る。三メートル、近づいてくる。莉菜は足を止めずに振り向いた。やたら上背のある髪の長い女だ。両肩に重そうなバッグを提げている。

思い出した。昔、影山ビルのバーに勤めていたニューハーフのアユミだ。珍しくまち子と話の合う人間だったが、ヒロトが死んだあと手放さざるを得なかった雑居ビルで「アー・ユー・レディ」というゲイバーを開いたと聞いた。

「アユミか」

「やだ、影山莉菜じゃない。幽霊かと思ったわよ」

話しながら、しかしその足を止めなかった。アユミも同じ速度で莉菜の斜め後ろをついてくる。これから出勤かと訊ねてみた。

「違う、店は昨日で閉店。こんなに冷え込んじゃあ続けるだけ赤字だもの。ちょっとばかり借金もあるんで、今日はこれから夜逃げよ」

両肩の荷物はそういうことか。莉菜はアユミが現れたお陰で川に捨てたもののことをいっとき忘れた。橋のたもとまで来たときだった。川岸を川上へと歩き出すアユミを呼び止め「どうやってトンズラする気だ」と訊ねた。

「駐車場に、男の車があんのよ。借金はたいがいそいつの肩代わりだったから、今日は車を頂戴して逃げるの。現金かき集めたあとはもう、怖いもんなんてないわね」

そりゃ良かった――ふと、自分も今夜街から消えるのだと誰かに話してみたくなった。いやまて。おおよそ今までの莉菜には似合わぬ言葉がこぼれ落ちた。

「ついでにあたしを、乗せてってくれないかな。適当なところで下ろしてくれていい」

去るのではなく、消えるのだった。荷物は出来るだけ少ないほうがいいだろう。どこかで車を捨てれば、捨てた場所から足が付く。武博もその義父も、厄介《やっかい》は少ないほうがいいに決まっている。自分なら——とっくに影山莉菜を殺《や》っている。つくづく男は甘い。

本気なの——アユミの言葉にうなずいた。


アユミの運転で夜の街を飛び出し、西に向かう。助手席の乗り心地は悪くなかった。国産ではまあまあの仕様を謳《うた》う、黒塗りの高級車だ。オーディオシステムに金をかけている。乗ってからずっと流れ続けるジャズは、あまり聴いたことのないトリオで、ときどき太めの声のスキャットや歌が入る。発音はネイティブじゃない。ヴォーカルはおそらく日本人だろう。

道東の外れから出て行くには、できるだけ突き当たりの遠い西しか選択肢はないのだった。海岸線を走る頃にはもう、街灯のひとつも見えなくなった。アスファルトを示す白線が浮き上がっては去ってゆく。

聞けばアユミがさんざん貢《みつ》いだという男は、影山の次にビルオーナーになった人間だった。

「あのとき影山さんがいきなり亡くなって、末広中がひっくり返ったのよ。あのビルで生き残れたのは三分の一、それも一年も保たずに総入れ替えよ」

維持管理に馬鹿みたいな金額を要求されれば、ぎりぎりやっている店はひとたまりもないのだった。古いママが手放した店に、居抜きでおさまったのがアユミだ。オーナーのお気に入りという後ろ盾に加え、街では少ないゲイバーだったことも幸いして人気があった。

街を出てどこへ行くつもりかと問えば、自分にまるごと返ってくる。かといってひっきりなしに話しかけてくるアユミに、相づちばかりというわけにもゆかない。

「古い話だな」

ビルオーナーが替わってからの話は、嘘でもないだろうが、多少の盛り付けはあるだろう。それは彼女たちの仕事の癖と、半ば使命のようなものだ。どんな話も面白く語らねば一銭にもならないのだ。

で——アユミがゆったりと訊ねた。

「影山莉菜がバッグふたつで一体どこへ行くつもりなの」

「遅い夏休みだよ。旅に出ようと思ったら車が故障していた。渡りに船。それだけだ」

「だから、どこへ行くのか教えてってば。目的地によってはあたしも便乗するつもりなんだから」

行き先を決めていないのはお互い様だったらしい。瞬きを許さない速さで車の下に吸い込まれてゆく白線がいっそう白く光った。

「まずは、北海道から出るのか出ないのか。どっち」

「出る」

アユミが喉の奥で「ううん」と唸《うな》った。

「この車、捨てるには惜しいのよね」

数秒置いて「船か」と声のトーンを上げた。カーフェリーという手があったと喜び、吹っ切れた様子で言った。

「決めた。あたしも道外に出て、しばらく遊ぶわ」

そこから高速に入るまでのあいだ、アユミの独り言に似た話が続いた。北の外れのゲイバーとはいえ、業界としては狭いらしく、どこへ流れて名前を替えても必ず居場所が知れてしまうのだという。

「そういうお店ばっかり歩いている客がいるの。顔を変えても声は変わんないし、売り物だってそうたくさんあるわけじゃない」

アユミの売り物はいったい何なのかと訊ねた。歌、と返ってきた。

「いま聴いてるようなやつが専門だけど、マイクがあれば何でも歌うわ」

そう言ったあと、イントロから歌へジャストで入ってみせた。女声に替えて軽々と一曲「テイクファイブ」を聴かせたあと、自慢げにこれでもプロだったのよアタシ、と鼻を鳴らす。丁寧にも、手元のスイッチでもう一度同じ曲を流す。

「過去形か」

莉菜のひと言には応えず、対向車のライトが遠目なのを神経質にパッシングで知らせ続けている。莉菜は声には出さず適当に歌詞を訳した。

五分ちょうだい　少し休みましょうよ　あたしに時間をちょうだい　生きてることをたしかめたいの――

「歌詞がついているのを、初めて聴いた」

「アレンジは昔の男。今でもギターを持ってるのかどうか。腕はいいんだけど、頭が悪いからどこかで死んでるかも」

そこから少しのあいだ「テイクファイブ」についての講釈が続く。得意げに語るが飽きさせることはない。ハンドルを握っていた右手を浮かせ、宙に三角を描きそのあと上下に一度振り下ろすまねをする。

「これが四分の五拍子よ。相合い傘なの。あたしに歌を教えてくれた先輩は、この傘の中に好きなひとの名前を書くような気持ちで歌うのよって言ってた」

宙に描いた三角の頂点から一度指先をまっすぐおろすと、なるほど「相合い傘」だ。

「ソロサックスの腕を試すみたいな曲でね、どこで息継ぎするかが勝負で、本当に歌いづらいのよ。リズムが取れなかったら最後で、傘から出るしかないの」

男の誘いに乗ってススキノの大箱から引き抜かれ、たどり着いた港街では男のために借金の火だるま。よくある話だ。ススキノから釧路へ、という経歴に母のまち子が重なった。まち子は相手の男がたまたま影山博人だったことで、運命が別の歯車に取って代わった。

「こうやって流れているうちに、どっかでスポッと死ぬんだわね」

アユミは歌うような軽やかさでそう言ったあと苫小牧《とまこまい》と小樽、港はどちらがいいかと訊ねてきた。太平洋と日本海どちらがいいと問われても、莉菜にとってはどちらでもそう違わない。ただ、どうせならさっさと道外に出たいと告げる。

「じゃあ、苫小牧にするわ。急げば今日の便に間に合う」

直後、背中がシートに吸い込まれた。


日付が変わるころ、莉菜とアユミは八戸《はちのへ》行きのカーフェリーの甲板にいた。早朝には着くという。貧乏臭いところで雑魚寝《ざこね》だけは嫌、という彼女が選んだ船室は特等だ。割り勘などという言葉を久しぶりに聞いた。

華やかな気配と独特なさびしさに包まれた真夜中の出港だった。月と星しか視界になくなるころ、寒いからと船室に戻ろうとした莉菜をアユミが呼び止めた。

「で、なんで影山莉菜が釧路から出て行くわけ。川に携帯まで捨ててさ」

車の中で、旅に出ると答えたはずだ。ぶしつけでしつこい質問に、莉菜の眉が寄った。

アユミは「まあいいわ」と言って前髪をかき上げる。川に放ったものを見られていたとは不覚だった。莉菜の内側では、なぜか「テイクファイブ」が流れ続けている。初めて宙に描いた相合い傘の下に、調子っぱずれな誰も彼もの顔が浮かび来る。

自分はいったいどこからずれ始めたんだろう――

ヒロトが父親になった日から、彼を死なせたときから、あるいは武博を抱いた日から。幾度となく汚してきた手には、もうなにも残っていない。馬鹿馬鹿しいとひとくくりにすればいいのだった。もしかすると、その馬鹿馬鹿しい人生さえも、本当はなかったかもしれないのだ。

長い夢を見ていたような気がして、エンジンに震える甲板の上から真っ黒い海を見つめる。真冬に似た冷たい風がパーカーやジーンズを通して莉菜を刺してゆく。

ずれにずれて、もう自分がどこにいるのかさえわからなかった。ここから先は、心許ない時間を生きながらえるだけなのだ。

船室には暖房が入っており、暖かかった。顔を洗うと、急に温めた体のそこかしこが痒くなってきた。海の上は、季節が違う。暖かい土地へたどり着く、前触れなのだろう。

備え付けのタオルを持ったアユミが「風呂に行ってくる」と言う。一緒に行かないかと誘われたが断った。ふと、どちらの湯に入るんだと訊ねてみると「女湯」と返ってきた。

「あたしのはシンガポール製なの。あんたが男だったら試して欲しいくらいのいいモノよ」

「そりゃ残念だ」

アユミが出て行った船室で、出口に近いほうのベッドにごろりと横になった。長い一日だった。眠気はない。ベッドのはるか下から地鳴りに似たエンジンの震えが伝わってくる。思い立って、バッグの中からデジタルカメラを取り出す。離岸する際の港を撮っておけばよかった。

ベッドの壁に背を預けて、久しぶりにカメラを構えていると、アユミが風呂から戻ってきた。ファインダーに入った彼女にシャッターを下ろした。次の瞬間恐れとも怒りともつかぬ表情で、彼女が動きを止めた。

「なにすんのよ」

「別に、あたしがなにかしたか」

「写真はやめて、すっぴんなんだから」

瞳はカメラをちらちらと見ながら、荷物の中からドライヤーを取りだす。おや、と彼女の様子を目で追った。思わぬところでアユミの怯えを見たのだった。素顔だから、という理由には収まりきらない恐怖は、莉菜の手にあるカメラに絞られており、わずかにぎくしゃくとした気配に包まれている。

「あたし、借金ふみ倒して逃げてんのよ。お願いだから消して」

船室の浴衣に着替えながらしつこく言うので「わかった」と応え、画面を消す――ふりをした。どんなひとことにも理由はあり、自ら操作できない無意識がこぼれ落ちる。そうした考え方は、莉菜の直らぬ癖だった。本当に消したのかと更に訊ねられ、素っ気なく「消したってば」と答えてみる。カメラをバッグに入れて、洗面所で顔を洗う。

ふたりの間にある空気がずれた。たった一度のシャッター音が、先ほどまであった和やかさをかき消したのだった。

「なんだか潮にあたって髪がべたつく。やっぱり風呂に行ってこようかな」

「それがいいよ、いい風呂だった」

「じゃ、行ってくる」

莉菜はベッドの上に浴衣一式を置いて、タオルと船室の鍵を持った。心もち大きな音をたて、ドアを閉める。三部屋向こうで、湯上がりの男女がドアの中へと消えた。突き当たりは甲板への扉だ。

莉菜はドアスコープの死角に入り、テイクファイブのリズムを取りながら宙に相合い傘を描いた。

ワンツースリー、ワンツー　ワンツースリー、ワンツー。

一節歌ったところで、素早く鍵を開ける。こちらに背を向け莉菜のバッグを開けていたアユミが、その場に跳ねた。

莉菜は手にしていたタオルを立ち上がりかけたアユミの首に引っかける。アユミの手からごろんと小ぶりの携帯端末がこぼれ落ちた。

なるほど、荷物の中にまぎれ込ませれば居場所が筒抜けか——

混乱し、膝立ちのままタオルを外そうともがく巨体の首を、背負い投げの要領できりりと締め上げる。まだ体に力が残っている、もうひと息――莉菜はこの加減を細かく教えてくれた弥伊知に心から感謝して、タオルを外した。勘は鈍っていないようだ。

ぐったりとしたアユミの両手と両脚をそれぞれ浴衣の紐できつく縛った。後ろ手の紐と足首の紐を枕カバーで繋ぐ。しばらくはどうにもならないだろう。関節のひとつも外さねば抜けるのは難しい。弥伊知の教えがこんなところで、とひと息ついたところではたと思い至る。身を守る腕は、この先にこそ必要なのではないか。

さて、猿ぐつわはどうしよう。莉菜は仕方なく自分の枕からカバーを外し、唾液が糸を引く口に嚙ませ、うなじで縛った。女のかたちをした大男を仕留めたことに満足しながら、旅の余興にしてはハードな展開にうんざりしている。

太い首に指先をあてた。脈はある。さて、目覚めるまでのあいだ何をしようか。船室の床にアユミを転がしたまま、カメラを手に取った。

アユミにレンズを向けて一度、二度、シャッターを押す。転がった体はまるで巨大な芋虫だ。仕込みそびれた携帯端末には何の情報も入っていなかった。

十分もそうしていると、肩を大きく揺らしてアユミが目覚めた。咳《せ》き込んではいるが枕カバーに吸収され、更に床下から響くエンジン音に消されてしまう。

「おはよう。手荒なことをして悪かった」

莉菜を見上げるアユミの目は真っ赤に充血し、怒りに燃えている。動きたくても逆さのエビそっくりに縛り上げられ、体をねじることも出来ない。

「あたしの荷物を勝手に触らないでくれないか。そこまで親しいと思っちゃいない。訊きたいことがふたつ三つある。答えるなら猿ぐつわだけ外してやる。悪くない相談だと思うけど、どうだ」

アユミはふて腐れた気配を漂わせ、縛られた手足を動かすのをやめた。莉菜はその姿を更に二枚撮ったあと、カメラを置いた。ベッドからシーツを剝《は》ぎ、狭い床に敷く。アユミの体に足をかけ、シーツの上へと転がした。対角線の角を持ち上げ、二重に結ぶ。もう一方を軽く結んで、中身に声を掛けた。

「頭のひとつも殴って、このまま甲板まで引きずって行くのは、そんなに難しくない。出口まで目算六メートル。タッパはあるが、せいぜいあっても七十キロ弱。甲板まで出してその先手すりまでは最短八メートル」

シーツの中でアユミが激しく暴れ出した。白状《ゲロ》の準備が出来るまでだ。ひと晩あるのだった。莉菜はたっぷり時間をかけてアユミがおとなしくなるのを待った。五分――結び目を解き、猿ぐつわをゆるめた。

「あたしが何をしたってのよ」

真っ赤になった白目、嗄《か》れた声のアユミは力なくそう放って泣き始めた。

「誰が、お前を使った。言えば生きて下船させてやる。そいつは借金を肩代わりするとでも言ったか。ＧＰＳを仕込むだけでいいのか、それとも隙を狙って殺るつもりだったのか、あたしはどっちでもいいけど」

北海道を出ることが、まさか命がけになるとは思わなかった。荒い息を繰り返すアユミにもう一度「なあ、誰なんだ」と訊ねた。アユミはだらりと首を床に転がし「酒屋――女将」と言った。

莉菜の口から「ほぅ」と声が漏れた。刺客は思ったより近くから放たれていた。

「馬鹿な亭主が不慮の事故で死んで、諸手を挙げて喜んでいたはずの女将がなあ。欲の深いことだ」

それが母心なら、滑稽《こっけい》だ。

この状況をヒロトが見たらなんと思うだろう。弥伊知によくぞ娘を仕込んでくれたと礼を言うだろうか。それとも自分の思いどおりになっていることに満足して、似合わない笑みでも浮かべるだろうか。

松浦の命が莉菜の生命線とは思わなかった。今までさほど相手にもしていなかった女に寝首を触られるとは、勘が鈍ったにしてもお粗末だ。忌々《いまいま》しい思いで喪服姿の女将を思い浮かべる。火葬の際に棺桶に取りすがったと聞いた。周囲が思わず涙するまでの演技はどれほどだったのか。首尾良く夫を殺ってもらい、莉菜を泳がせておくなにものもなくなった。これ以上は息子の邪魔になると判断すれば、迷いはないだろう。それとも、一度でも息子をたぶらかしたことへのこれが報復か。

男と違って女のワルには、できないことがないからな――

波に持ち上げられては沈む莉菜の脳裏に、ヒロトの言葉が蘇《よみがえ》った。

ヒロト――足の下にあるものをすべてふんづけて、怖いものなんかひとつもない女はあたしじゃなくて武博の母親だったよ。

武博は影山博人のたったひとりの息子なのだった。闇の底から生まれてきた男の一粒種は、やがて自分を産んだ女をも見殺しにする日が来るだろう。頬の位置さえ変えずに、場所を問違わず泣いて見せ、効果的なときに笑う生きものだ。

支えているのは、女のワルか――

「アユミ、お前も馬鹿だなあ。首尾良くあたしを殺ったところで、今度はお前がうまいこと足を引っかけられるに決まってるだろう」

アユミは反論しない。冷静に考えてみれば分かることも、欲の深いときは上手く理解できないのだ。

影山莉菜が街の歴史から葬られることの根には、熾《おき》に似た欲があった。風が吹けば炎を蘇らせる熾だ。裡に隠し持った熾に風を送る影山博人の亡霊もまた、女たちを翻弄する。

ここに来て、上手く運命に殺されることも出来ない自分をほんの少し哀れんで、莉菜は立ち上がった。

アユミを包んでいたシーツの結び目をすべて解いて、再び口に枕カバーを回した。

「女将によろしく伝えてくれ。あたしの命にいくらの値をつけたか知らないが、そこまでする価値はもうないんだ。ノーマークでいたことをひどく恥じていたと、そこだけは声を大きく頼む」

莉菜はキャリーケースとバッグを持って船室を出た。低く響くエンジン音と波のうねりを足の裏に感じながら、プロムナードのソファーに腰を下ろした。自販機で買ったビールを喉の奥に流し込む。渇きはまったく癒えなかった。

そのまま夜明けを迎えた莉菜は、缶コーヒーを腹に入れ、船を下りた。まだほんの少し暑さの残る港が新鮮で、思い切り潮風を吸い込む。昨夜、久しぶりに体を動かしたせいなのか、肩や関節にきしみが残っていた。

町中に居場所を移して、駅の近くで手頃な料金のマッサージ店に入った。カタコトの日本語で接客するタイ人から、アロマのいい匂いが漂っている。長いコースを選び民族衣装に似た施術着を着てベッドに横になった。

異国の女の匂いと、背中を圧す指先に心地よく揺れていると、莉菜の前に白い景色が広がった。手を伸ばせば届きそうなところに、六本指のままピアノを弾いているヒロトがいる。その名を呼んでも振り向かず、一心に「テイクファイブ」を弾いているのだった。

ヒロト、あたしはここからどこへ行けばいい？

どうすれば、上手く消えることが出来る？

ピアノの音がいっそう大きく響く。どこへ向かっても同じだと言いたいのか。莉菜を見ようともしない。

長くなりそうだな――ひとりごちて、ピアノの音を聴いた。あの世ではそんなことばかりやっているのか。暢気《のんき》なもんだな、早く呼んでくれないか。

ああでも――もう五分、あたしに休みを。

浅い眠りは自由の匂いがする。

祈り島

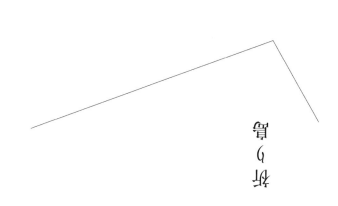

ペンを持ってから数時間。気取った言葉のひとつも書けば喜ぶだろう顔を想像したが、結局「新年おめでとう」で終わった。毎年のことだ。宛先は釧路の繁華街、クラブ「ダニエル」の齋藤支靜加だ。差出人の名がなくても、誰からのものかは充分伝わるのだ。年賀状に限らず、自ら便りを出すのは一年に一度彼女だけ。莉菜は机の上に年賀状を置き、ログハウスの窓から入る冬の日差しを見た。

瀬戸内の空は、海を映していつもきらきらとしている。窓から見ている限りでは冬なのか夏なのかわからないほど長閑《のどか》な景色だ。

バイスの吠《ほ》え声が近づいてくる。李《リー》がやってきた。遠慮のない音をたてて玄関の扉を開ける。莉菜の名を呼びながら、尻尾を振るバイスとともに吹き抜けの二階を見上げた。

「莉菜、昼飯はうんとジャンクにしたよ」

手には通常ふたりでは食べ切れそうもない量のハンバーガーが入った袋を提げている。蜜《み》柑《かん》農家が耕作放棄した俗称「祈り島」から、莉菜は年賀状六枚分の時間、出ていない。生活物資は仕事仲間の李が運んで来るし、本島から船で三十分の小島は十年前に李が買い取った個人の持ち物だ。

莉菜が暮らすログハウスには、自家発電と地下水くみ上げの装置があり、人間ひとりなら充分な設備がある。春から秋までのあいだ、莉菜の信号ひとつで島の四方を高速艇が取り囲むことになっている。莉菜は、芥子《けし》栽培島の番人だった。

還暦を過ぎた女がひとり住む小島は、気味の悪い出来事がふたつ三つ起こったという噂に尾ひれがついて、いつの間にか「祈り島」なので近づいてはいけないということになっていた。木々に隠れた場所にあるログハウスは擬態で、ほどよく島の緑に馴染み、上空からもよほど近づかない限りは建物ということがわからない。

ジーンズにライダースジャケットという姿で、ゴールデンレトリバーとプードルのミックス犬「バイス」を連れて歩く李は、本島では海運業を営む一家の娘だ。この島は趣味と実益を兼ねた李個人の持ち物で、親も娘のビジネスについて細かいことは言わぬ様子だ。真っ黒く染めた短めのボブは、島で暮らす夏の間に観ていた古い映画のジュリエット・ビノシュに似ている。

「年内の、ジャンクフード食べ納めだ。このあいだ、旨《うま》そうに食べてたろ」

「そうでもないよ」

「いや、莉菜は本当はこういうのがいっぱいあるところに住みたいんだよ」

「なにをそんな、わかったようなことを」

そんなに旨そうに食べていたろうか、と半月前に李が泊まっていったときのことを思い出す。この子はときどきそんな言葉を使って、莉菜を試すようなことを言う。人のいる場所が恋しいはずというのは、李の勝手な思い込みだ。

李が来なければ、島には莉菜ひとり。一年の終わりも始まりもない、ただ地続きの一日を重ねてゆく。ログハウスの裏側には、小分けにした芥子畑があり、九月に種を植えたあとは雑草抜きくらいしかすることがない。ここで採れる芥子のエキスがいったいどれほどの利益を生むのか、莉菜は知らない。

長いこと人里離れて暮らす女には、失踪届も捜索願も、出す人間はいない。出会ったころ、李が一度だけイントネーションで北海道の生まれではないかと訊ねてきたが、聞こえなかったふりをしたあと深追いはされなかった。李にとって、莉菜がどこから来たかは問題ではないのだった。怖いものがあるかないか、それだけが彼女の「人を選ぶ基準」なのだ。

ねえ、と李が少し甘えた声を出す。

「莉菜に、クリスマスプレゼントがあるんだ」

「要らない、無宗教だから」

そう言わずにさ、とクックッ笑う頬はいたずらを思いついた少年のようだ。李は細い体にハンバーガーをふたつ立て続けに放り込んで、バイスを連れてログハウスを出て行った。冷えたポテトフライをつまみながら、グラスにたっぷりウイスキーを入れてコーラを注ぐ。甘いやら塩辛いやらで、口の中が大騒ぎだ。毎日食べるものでもないせいか、旨いかどうかは別として、物珍しげに腹に収まってゆく。

三分もしないうちに李が戻って来た。一度桟橋の船に戻ったらしい。バイスがやたらと吠えるなか、李が取っ手の付いたプラスチックケースを差し出した。

「いい子がいたんだ。莉菜にぴったりだ」

生きものだと気づいて、あからさまに嫌な顔をしたらしい。李が不機嫌さを隠さず言った。

「こういうのが必要なんだって。莉菜はあたしが最も続いたバディだから、どんな変化も見逃さないよ。ひとりになりたくてここに居続けるのは知ってる。でも、そのひとりもそろそろ面倒くさくなってるだろ」

なぜそんなことがわかるのかと問うと、間を置かずに「目」と返ってきた。

「あたしは自分のために、いま莉菜にいなくなられては困るんだ。生きることに飽きてる人間はすぐにわかる。いままでどれだけそんなのばかり見てきたか」

とりあえず冬場の暖を取るにもいいだろうからと言って、床に置いたケースの扉を開けた。李の手に毛の塊《かたまり》がある。チョコレート色の小型犬だ。

「三人兄弟の真ん中だから気が強い。あたしと気が合うからきっと莉菜とも仲良くなれる」

面倒なものを押しつけられるのが嫌で、すぐには受け取らずにポテトフライを食べ続けた。

「莉菜なら三日で親になれる。しっかり躾《しつ》けておいた。バイスくらい頭は良さそうだよ」

小型のシュナウザーは、写真で見知ったグレーではなく、レバーと呼ばれる希少色だという。生きることより、今さら犬を飼う生活のほうが面倒くさいと言うと、まず少しは一緒にいてみろという。どうしても手に余ったら引き取りにくるからと食い下がった。

李が嬉しそうにソファーに座り直し、よく躾けられたシュナウザーを抱いたまま、傍《かたわ》らのバイスの頭を撫でた。双方がおとなしくしているのは、李が誰の換えも利かないボスで勝者だからだろう。自分の歩く場所に不要なものを、何の感情も込めずに排除できる冷徹さは、誰にでも与えられた天分ではない。莉菜はゆったりと犬たちの頭を撫でる李を見ながら、ポテトフライを口に入れた。

「莉菜は、自分にいまどのくらい金があるかなんて、興味もないんだろうな」

こういう話をし出すと、李は長い。今夜は泊まってゆくつもりだろうか。夜更けまで酒を飲みながらひとりで話し続けるのに何度も付き合ってきた。莉菜が黙って聞いているのは、彼女の若さと行動力、何よりもその低い感情の安定に信頼があるからだ。

「遣う場所がない。腹を壊さない程度の旨いものは李が運んできてくれるし、たいがいの情報はこいつが教えてくれる。ここはいい島だ」

莉菜は机の隅に開いているノートパソコンを顎《あご》で示した。

祈り島の由来は、西側にある蜜柑畑へ往く道に、ちいさな祠《ほこら》があるからだと聞いた。島を拓《ひら》いた人間が奉《まつ》ったものか、もっと古いものか。水軍時代の形見なのか。年に何度か、莉菜も西の斜面へと写真を撮りに行く。今はもう耕作放棄された荒れた蜜柑畑に、誰に喜ばれる予定もない蜜柑が生《な》っているのを見ると、生まれた場所から本当に遠くに来たことがわかって安堵するのだ。

「あたしは親から常々、金のあるやつはあるような生活をしなきゃいけないと教わってきたんだ。莉菜は、あってもなくてもいいと言うけど、こいつさえあれば死なずに済む人間がごまんといる。そんなことといやというほど知ってるだろう」

少し含みのある言い方が気になった。こんなときは決して眉も口も、まつげの先すら動かしてはいけない。莉菜は李が言いたいことを用心深く観察する。李も莉菜がいま何を考えているのかを探る。

李が先に折れた。

視線が机の上に移る。

「今年もその、素っ気ない年賀状を送るんだ」

「年賀状がどうかしたか」

「一方的に送ってるばかりで、向こうの様子は気にならないのかなと思ってさ」

間髪いれずに「ならない」と答えた。李はおおげさに瞬きをしたあと、ライダースジャケットの内ポケットから預金通帳を取り出し、莉菜の膝を叩くようにして置いた。名義は「細田千尋」とある。聞いたことも見たこともない名前だった。

「買った通帳だから、安心していい。六年分の莉菜のあがりだから好きにしなよ」

それとこれとがまったく繋がらない会話である。莉菜は一億円が入った通帳を見て、ひとつため息を吐いた。今夜は長くなりそうだ。

李が得意げに言った。

「齋藤支靜加《しずか》——釧路で莉菜のママが遺したクラブを継いだ、元運転手、齋藤弥伊知《やいち》の妹で女房」

莉菜は甘いコークハイを飲み干して、今度はウイスキーだけを注ぎ入れ口に運ぶ。グラスは、莉菜の指紋で曇っている。

年に一度、李に頼んで投函している年賀葉書だった。宛先を調べれば、莉菜についての情報などすぐに割れるだろう。知られたくないわけでもないし、今さら知られたからといって別に困ることもない。人にものを頼むというのは、どんな些細な糸口からでも、隠し事がなくなるということだった。

李の瞳がくるりと半周して、ひょいと膝の犬を持ち上げた。されるままになっているが、犬の目は莉菜に据えられている。

「この子の名前は、ヒロト」

表情を見られるのが嫌で目を瞑《つむ》った。文句を言ったところで始まらない。犬を持って帰ってもらえばいいことだ。

「冗談、嘘だよ。名前はデュー。フランス語で神」

やっぱり生きものは止しておく、と言いかけたところを李が遮った。

「齋藤弥伊知が、影山ビルを手放した。そんな情報は、ネットには出てこないだろう」

弥伊知が――

「あのふたりも、そろそろ街から出してやってもいいんじゃないのか。どうせなら一緒に出てくりゃ良かったんだ」

「李、お前が瀬戸内から出ないのと同じだ。街を出るっていうのは、追われるのと同じなんだよ」

「あたしは、ここにいるようでいないからさ。ここで生まれてここで育って、ここにいるように見えるけど、自分がほんとはどこにいるのか、よくわかんないんだ」

浮世から離れた莉菜が島にいることで、自分も存在しているような気分になるという。わかるようなわからぬような、おかしな話だった。

「みんなそうやって、いいわけしているうちに年を取るんだ。李もそのうちもっともらしいこと言いながら若いもんに都合のいいことだけ話して聞かせるようになるんだよ」

李はデューを抱き寄せ、ふんと鼻を鳴らした。自分にも一杯寄こせというので、ウイスキーを注いだプラスチックカップを手渡す。莉菜にしか甘えられない瀬戸内の麻薬王は、ときどきこんなあどけない貌《かお》を見せてはこちらを油断させる。

李がどこと取引をして、どうやって芥子を金に換えているのか、ほとんど興味のないまま島にいた。収穫も四人、李と莉菜、四十過ぎの作業者がふたりという少人数だ。彼らはカタコトの日本語で必要なことだけを話し、島に泊まり込む際も蜜柑農家が残した古い家を使った。得体の知れない男ふたりはしかし、李が父親から引き継いだ精製のプロだという。その腕は確かで、芥子畑で生まれ育ったという話も大げさには聞こえなかった。

李とは、瀬戸内にたどり着いた直後、オリーブ農園で収穫のアルバイトをしている際に知り合った。自分の知っている日本が、あまりに狭かったことが楽しくなりかけていた頃だ。名前を変えもせず暮らしていたが、武博の身内から探されている気配はなかった。隠れたいと思わなければ、却って目立たぬものらしい。

当時莉菜が短期アルバイトに入っていたオリーブ農園では、十数人の年齢も性別もばらばらな人間が朝から晩まで一緒に過ごしていた。昼飯は雇い主が出す弁当を食べる。李は垢抜けない女子大生で、休学して瀬戸内と九州を旅しているという話だった。李は最初から莉菜に懐き、昼食も一緒のことが多かったのでいつしか莉菜と組んで収穫作業をしている男も李と話すようになった。

まさか田舎娘そのものに見えた李が、父親の命を受けてその男を消しに来た刺客だったとは莉菜も気づかなかった。明日がバイトの最終日という夜、三人で飲もうということになった。居酒屋をあとにした桟橋の縁で、月明かりの下ほろ酔いで歌い始めた男の背後に立った李は頭頂部から弾を一発撃ち込んだのだった。二小節目まで歌わせず、男が倒れ込む前に海へと蹴り落とした。その間、数秒。桟橋には血痕もない。一度沖に流されて、明日の朝以降にでもどこかの網にかかるだろうが、燃料代と取り調べに取られる時間が惜しい漁師は決して届けを出さない。

莉菜は彼女の手際の良さに感心した。ふたりきりになった桟橋で、莉菜に視線を合わせた李が獣の瞳で言った。

——礼儀として、少しは驚くもんだろう。

——驚いたところで何か変わるのか。頼むから巻き込まないでくれないか。

——お前、何者だ?

——それが分かったら、こんなとこにはいない。

その会話が、李をひどく喜ばせたものらしい。わざわざ目の前で男に弾を入れたのも、莉菜が何者なのか知りたかったからだという。まだ自分からそんな昏《くら》い気配が漏れ出ていると思わなかったので、瀬戸内の極道に見初《みそ》められたことがただ可笑《おか》しかった。

彼女を一人前にした父親もまあまあの人物なのだろう。海運業と聞けば、なるほどと頷く。海外への航路を持つ一族が、この国の法律に縛られずに生きてきたことも当然のように思われた。

その年のオリーブは出来もよく、ひとり最終日にやって来ないバイトはいたものの雇い主は喜んでいた。李は気立てのいい女の子としてバイト期間を終えた。莉菜がさて次の土地へと足を向けたとき、「祈り島」の話が出た。

——あんたに任せたい仕事がある。

断った莉菜の前に立ちはだかり「あたしが好きになったんだから、やってくれ」と言う。そんな理由は通用しない。今さら娘を殺し屋にするような一家と関わりを持ちたくなかった。勘で生きてきた人間の心を動かすのは、勘しかない。李が莉菜をスカウトするためにまくしたてる理由のひとつが、詭弁《きべん》を過ぎていっそ面白かったのだった。

——この世にはゆっくり静かに死にたい人間が山のようにいるんだ。自分が死んだことにも気づかずに死んで行きたい人間ばかりだ。弱いとか強いとか、そんな言葉で片付けられない。あんた、そいつらの夢を叶えてやろうとは思わないか。

馬鹿馬鹿しい話とは思ったが、夏の間は無人にするわけにもいかぬ島があるというので来てみたのが「祈り島」だった。

李は細い体に張り付くようなジーンズとジャケットで過ごしていながら、どこに銃を隠しているのかわからない。李が直接手を下すところを見たのはオリーブ農園の一度きりだが、莉菜の知らないところで何をしているのか、考えてみればはっきりとした輪郭を見せない女だった。

李の落とし文句「好きになったんだから」は、ふたりで酒を飲むと頻繁に出てくる。李が甘え、莉菜がほどよく突き放す。呼吸が合っている限り、壊れることもない。

その李が、莉菜の一切を調べ上げているのだった。必要のない調査だろう。

それよりも――弥伊知が影山ビルを手放したとは。自分が彼らに心配されていることは想像できたが、莉菜がふたりを心配するのは予定外のことだった。聞けば何かしら手を打つことになる。煩わしく思いながらも、どうしてそんなことに、と上機嫌の李に訊ねた。

「雑居ビルが生き残れるような時代じゃない。トントンで手放せるぎりぎりだった。『ダニエル』も閉店。ビルのあったところは、今は更地だ」

それはいつのことかと訊ねると、去年だという。莉菜の年賀状は、今年すでにふたりの元には届いていなかった。「ダニエル」閉店の情報も更地の情報も、ネットにはない。影山ビルが消えた末広の景色を、調べようとも思わず過ごしてきた。

「ふたりは、莉菜がいつか戻るかもしれないからという健気な理由で、文無しになってもあの街にいるよ。あんたが捨てた影山家の家と墓を後生大事にしながらさ」

更地には年明け着工でマンションが建設予定だという。李は持ち主を知りたくはないかと訊ねておきながら、こちらが返事をする前に登記簿のコピーを渡してくる。莉菜の表情を動かすことが今日の楽しみでもあるようだ。思ったような反応が得られないのだろう。それが証拠に、次々と情報がこぼれ落ちてくる。売買の際には姿を現さぬままビルを買収し、無料の観光資源である夕日の見えるマンションを建てるのは、松浦酒店だった。

昔の繁華街に、今はマンションとホテルが建ち並んでいるとネットニュースで見たのはいつだったか。真夏の気温が二十五度という港街、駅前通りは国内外の富裕層が避暑地として過ごすヴィレッジのメインストリートになった。

息子が財務省の政務官となり、着々と疵《きず》なく階段を上ってゆく政治家となれば、彼女が次に取る行動は資産と土地の地固めだろう。

けれどもう自分にとって、そんなことは——

「ふたりとも、食えるくらいのものは除けてあるだろう。今さらあたしがどうにかすることじゃない」

いや、と李がそこだけ口調を変えた。

「ビルを手放したところで金は入らなかった。街は世代も交代した。影山家は一族じゃなく一代貴族だった。だから影山博人が死んで残党も力を失い、ゆるやかに終わったんだ」

そのときだけは、莉菜もきつい貌を見せたのか、李が軽い舌打ちをする。

「お前の口からその名を聞くとも思わなかった。ずいぶん詳しく調べてもらって、礼を言わなきゃならないところなんだろうな」

ただの嫌みだったが、李も怯《ひる》まない。だからこの金があるんだ、と続けた。

「自分で遣う気がないなら、くれてやればいいじゃないか。影山莉菜の生き方に巻き込まれた可哀相な人間だろう」

口が過ぎる。莉菜は応えない。捨ててきた土地の、自分は通りすがりだったのだ。忠実なボディガードが老いて文無しになっている現実を知って、金を与えてプライドを奪ってどうする。つくづく余計なことをしてくれたものだ。

「李、お前はあたしになにをさせたい」

「昨今、金は生で渡さないと。冷凍は足がつく。アナログは無敵だからね。自分で運んで、旅のついでにふたりで温泉三昧《ざんまい》。それ以外のことには興味ないな」

なにをさせたいか訊ねたことで、李は機嫌を良くしている。生で渡す——信頼できる人間などひとりもいない。自分はいつもこんな具合に、生ものを腐らせて生きてきたのだろう。

弥伊知には支静加がついているのだから——言い聞かせてはみるが、どこか心許ない。

莉菜は窓の外に広がる海を見た。故郷にある真っ黒い海とは違う。どこか色素の薄い波間に太陽が跳ねる。もう何年もの間、居心地が良くて動かずにいた場所だった。芥子の花とともに揺れる祈り島での暮らしは、莉菜を心地よく老いへとつれてきてくれた。野垂《のた》れ死ぬにはもったいないほどいい場所だと、本来なら番人不要な冬場も島から出ない。

目を瞑る。初夏の日差しに目覚め一斉に咲く白い花が浮かぶ。静かに死んで行きたい人間の祭壇に添えた、数え切れないほどの花弁が眼裏《まなうら》で揺れる。影山莉菜の死に場所として申しぶんない景色だった。

「お前があたしをしつこく島の外に誘う理由は、それだけか」

「ほかに何か欲しければ、考えるけど」

李が差し出した犬を、仕方なく受け取った。嫌がる様子もない。莉菜の性分に合わせて躾けられているという。吠えない訓練は、必要なときに吠える訓練でもあったろう。可愛い顔をしているが、胸に抱き抱えても媚びる様子を見せない。バイスと同じように育てられているとすれば、立派な軍用犬だった。

今年の大きな取引を終えて、李もひと息ついたらしい。こんなお節介は今だけだ。死ぬのが惜しいと思ったことはなかったが、李といるとなにやらこの娘の成長を眺めていたい気持ちになる。なるほど、女のワルには、できないことがないとは、名言だった。

行こうか――

当然といった顔をして、李が立ち上がる。同時にバイスも彼女の横についた。莉菜は傍らにデューを置き、パソコンの電源を落とした。棚代わりに使っているキャリーケースにケーブルごと放れば、ここに影山莉菜がいた痕跡はなくなる。

上着のポケットに、支靜加宛ての年賀葉書を入れた。

犬を二匹連れての旅は、李自慢のキャンピングカーを使った。高速道路を北上し、船はひと晩きりの八戸から苫小牧行き。なにが悲しくて北海道を出たときと同じルートになるのか。李は津軽海峡も憧れると言いながら、道東への最短ルートを選び取る。ときどき気が向いたところで眠り、驚くほどの食欲を見せ、李はハンドルを握り続けた。

初めてスタッドレスタイヤを履いたキャンピングカーは、李に言わせるとハンドルが軽いらしい。そういうものなのかと問われ、そうかもしれないと答える。

「莉菜、運転免許は？」

「更新してない」

この世から消えたはずの自分はいま一体なにをしようとしているのか。金が入ったキャリーケースを積んで、道東に向かっている。李は冬の旅を喜んでおり、バイスもデューも寒さに少し動きが鈍い。

「莉菜、ここは日本なのか」

「残念ながら、日本だ」

「バカみたいに寒いな」

高速で少し吹雪《ふぶ》いた。真正面から吹き付ける雪に、さすがの李も音を上げる。運転を代わるか小降りになるまで休むか、どちらがいいと訊ねられ休むほうを選んだ。

峠に近いサービスエリアで、李が昼飯を買い込んできた。寒いを連発しながら、車に戻った李から「峠の名物っていうから」と渡されたのは、あげいもだ。

「もう焼きトウキビはないんだそうだ」

「あれは秋のものだからな」

フロントガラスに降り積もる雪を、ときどき間欠《かんけつ》ワイパーがなかったことにする。見えなくなってはまた現れる雪景色は、莉菜の内側にも鮮やかな昔を降り積もらせた。

あげいもが思ったよりも旨かったらしい。割り箸に刺した芋ふたつをあっという間に平らげた李は、もうひと串買ってくると言って運転席を出て行った。冬仕様ではないスニーカーのまま、バネの利いた走りで建物へと入ってゆく。あと数日で今年が終わる。ふと腕の時計を見ると日付は二十四日だった。

何も変わっていないようにも思えるし、自分がいまここにいることで、すべてが変化したようにも思えた。

厚い雲に切れ間が出来て、峠にいっとき陽が差した。キャンピングカーは東を目指して走り出す。莉菜の憂鬱《ゆううつ》も加速していった。

釧路は日暮れの早い街だった。そんなことを忘れるくらい時間が経った。駅前通りに何棟も立ち並ぶ人気のマンションは、半ば廃墟のように灯が消えて黒い姿をさらしている。夏場は毎日が祭りのように賑わっていると聞いても、ピンとこない。

李は莉菜に何も訊ねることなくナビを操り、迷いなく高台にある弥伊知の自宅そばにキャンピングカーを着けた。しかし、いざふたりが暮らす家のそばにやって来てみるとどうやって届ければいいのか分からないのだった。家の前を通り過ぎると、中からうっすらと明かりが漏れていた。遮光カーテンの上端にできた隙間から、人の気配がこぼれている。

李は家から見えない引き込みに車を停めた。フェンスの向こうは崖で、その下はヒロトが憎みながら愛した景色、彼が最期に見た川岸がある。

「河口のあたり、いい眺めだな。北海道も東のはずれまで来ると雪が降らないのか。こんな寒いところ、初めて来た」

ハンドルに顎をのせた李は、車を停めてからもう十分ものあいだひとりでぽつぽつと喋っている。莉菜の腰が重たいのが気になるようだ。

「さっさとあれを置いて、晩飯食べようよ」

李が顎で背後を示す。動くリビングには、犬が二匹と金を入れた重いキャリーケースがある。

「あたしが玄関の前に置いて、呼び鈴鳴らしてダッシュしてくる」

そんな子供みたいな真似を思いつく李が可笑しくて笑った。瀬戸内からのんびりと旅をしてきて、今生の別れと決めた人々のすぐそばに戻ってきているのだった。人間、生きていると何があるか分からない。予定どおりにゆくことなど、本当はひとつもないのかもしれない。この街から出て行ったことも、舞い戻ったことも、一連の行事という気がしてきた。

「それも面白いな」

莉菜のひとことを合図に、李がキャリーケースを車の外に出した。莉菜も思い立って上着を羽織り、フードを目深《まぶか》に被った。デューの首輪にリードをつけて散歩のふりを装う。李が歩道にガラガラと音を立てながら赤いキャリーケースを引きずってゆく。寒さに少し動きの鈍いデューは、それでも外に出られたことで解放感があるのか植え込みの匂いを確かめ小用を足す。

懐かしむには少し苦い記憶が、海の匂いに紛れ吹き上がってくる。

莉菜は玄関前を通り過ぎる際に、ポケットから年賀状を取りだし郵便受けに放り込んだ。リードを持って歩道を行く。李もキャリーケースを引いて玄関の前に立つ。

弥伊知と支静加が出てきたときにはすでに李は姿を消し、彼らが人の気配を探す歩道の少し先に、犬の散歩をする年配の女がいるだけだろう。

莉菜は小用を足したデューをキャンピングカーに戻し、助手席に乗り込んだ。李は既にハンドルを握っている。

「さて、行こうか」

川面《かわも》に映る街灯に再びの別れを告げた。

道内、東北、温泉を見つけては入りながら、再び祈り島に戻った。

李は食べきれないほどの食料を買い込んで、何の気が向いたのかカレーなど煮込んでいる。とうとう本島に戻るのが面倒になったらしい。もう帰れと言われるまで居そうな素振りだ。

早朝に目覚めて、もう一度眠れる気もせず身支度をした。あと一日で、今年が終わる。一週間近く車に揺られる生活をしていたせいか、起きるとき腰が痛んだ。伸ばそうとすると、いやなきしみ方をする。体全体が油ぎれを起こしているらしい。鏡に映った顔は、頬も落ちて目がくぼみ、それゆえに若い頃よりも殺気がこぼれやすくなった気がする。張りを失った顔が、もともとの莉菜だった。若さを失うということは、本来の姿に戻るということなのだろう。

ログハウスを出ようとした莉菜の横に、音もたてずデューがついた。島ではリードなしだが、いつもぴたりと莉菜の横について歩く。早朝の寒気が風の島を通り過ぎた。豊かに緑をたたえた山道を登る。木々が誘うように囁《ささや》いてくる。耳を澄ますと、自分が立てる足音だけが世界の異物であるような気がしてくる。

西と東の境目にある、ちいさな祠に着いた。莉菜は祠の前に立ち、頭を垂れた。

数秒祈り——顔を上げたときにはもう、何を祈ったのかを忘れていた。

島の西側には、自由を手に入れた蜜柑畑がある。熟しては落ち、落ちては腐りを繰り返し、もう野生となった蜜柑は好きなだけ生き、好きなときに落ちる。手折《たお》られることのない日々は、祈りすら忘れるほどの長閑さだった。

手の届くところにある蜜柑を、ふたつ三つ捥《も》いだ。本当の完熟と果実の甘みを、この島にきて知ったのだった。ふたつに割って、口に入れる。歯に染みるほど甘い。デューにひと房与えた。忠実な犬は、なんの疑問も抱かずに莉菜の手から果実を食べる。

視線を海に放った。なだらかな斜面の向こうに、海、数えるのも面倒な島々。

莉菜は、もう殺される価値もない自分の体に果実を放り込んでは祈り、祈ってはそれを忘れる。遠い昔のことを思い出そうとしても、なにやら霞《かすみ》がかかっている。ふと、犬の名を呼ぼうとして、その名の由来が「神」だったことを思い出して安堵した。

祈り島の朝に、莉菜の笑い声が響く。

果実がひとつ、枝から離れた。

初出「オール讀物」

最愛	2016年5月号
TABOO	2016年10月号
来客	2017年10月号
乾燥果実	2018年9月号
はじまりの月	2019年1月号
あだうち	2019年8月号
泡の糸	2019年11月号
結局	2020年1月号
テイクファイブ	2020年9・10月号
祈り島	2021年1月号

本作品はフィクションであり、実在の場所、団体、個人等とは一切関係ありません。

桜木紫乃（さくらぎ　しの）

一九六五年北海道生まれ。二〇〇二年「雪虫」で第八二回オール讀物新人賞を受賞。〇七年、同作を収録した『氷平線』で単行本デビュー。一三年『ラブレス』で第一九回島清恋愛文学賞、同年『ホテルローヤル』で第一四九回直木賞、二〇年『家族じまい』で第一五回中央公論文芸賞を受賞。『風葬』『起終点駅（ターミナル）』『裸の華』『砂上』『ふたりぐらし』『光まで5分』『緋の河』『俺と師匠とブルーボーイとストリッパー』『Seven Stories 星が流れた夜の車窓から』（共著）、絵本『いつか あなたを わすれても』（オザワミカ・絵）など、著書多数。

ブルースRed《レッド》

二〇二一年九月二十五日　第一刷発行

著　者　桜木紫乃《さくらぎしの》
発行者　大川繁樹
発行所　株式会社 文藝春秋
〒一〇二―八〇〇八
東京都千代田区紀尾井町三―二三
電話　〇三・三二六五・一二一一（代表）

印刷所　大日本印刷
製本所　大口製本
組　版　ＬＵＳＨ

ISBN978-4-16-391433-6